Instead of a Letter
长书当诉

Diana Athill
[英] 戴安娜·阿西尔 著

曾嵘 译

图书在版编目（CIP）数据

长书当诉 /（英）戴安娜·阿西尔（Diana Athill）著；曾嵘译. -- 南京：江苏凤凰文艺出版社，2025.6. -- ISBN 978-7-5594-9533-4

Ⅰ. I561.55

中国国家版本馆 CIP 数据核字第 20252CS663 号

First published in English as *Instead of a Letter* by Chatto & Windus, 1963
Copyright © Diana Athill, 1963, 1976
Diana Athill asserts the moral right to be identified as the author of this work.
本书中文简体版版权归属于银杏树下（上海）图书有限责任公司。
江苏省版权局著作权合同登记 图字：10-2025-91 号

长书当诉

[英] 戴安娜·阿西尔 著　曾嵘 译

项目统筹	尚 飞
责任编辑	曹 波
特约编辑	郝晨宇
装帧设计	墨白空间·李易
营销统筹	陈高蒙
营销编辑	徐 可
责任印制	杨 丹
出版发行	江苏凤凰文艺出版社
	南京市中央路 165 号，邮编：210009
网　址	http://www.jswenyi.com
印　刷	北京盛通印刷股份有限公司
开　本	110 毫米 ×172 毫米 1/32
印　张	9.5
字　数	141 千字
版　次	2025 年 6 月第 1 版
印　次	2025 年 6 月第 1 次印刷
书　号	ISBN 978-7-5594-9533-4
定　价	58.00 元

江苏凤凰文艺版图书凡印刷、装订错误，可向出版社调换，联系电话 025 - 83280257

致 B.R.
我的爱

引 言

我第一次见到戴安娜·阿西尔,是在二〇〇〇年夏天,当时我们在海伊镇的图书节一起上节目,主题是谈论我们各自所写的回忆录:我的《浴火重生的女孩》,写的是我在曼彻斯特艰难的成长历程;阿西尔的《未经删节》,是有关她在伦敦图书出版业的五十年经历。这位八十二岁高龄的女士比我大了整整半个多世纪,活泼又自信。观众可能会觉得,除了都写过自己的生活之外,我们几乎毫无共同点,但我们一拍即合。令人惊讶的是,戴安娜朝气蓬勃、令人敬畏又不失风趣,她从不害怕谈论别人可能会回避的事情。第一次见面,我就有一种奇怪的似曾相识之感,我非常高兴能与她相遇,从她的声音和眼神里,我认出了曾从她作品中感受到的所有幽默和智慧。

阿西尔的语言直接、轻松又精确。凭借一辈子从事阅读和编辑工作的经验,她创作的每本书都具有精细的结构和节奏。最重要的是,她是她所谓"观察事物"的艺术大师。坐下来写第一个故事的时候,她就告诉自己,"就照本来的样子去写"。

"姨妈带给我的影响加上我天生的性情,使我拥有了这样一双眼睛",阿西尔在《长书当诉》中这么说,并描述了自己的开悟时刻:"我像往常一样画着马,这时,姨妈靠在我的肩膀上说,'画个裸体的人吧,男人或女人都行'。"年轻的戴安娜画了"一个难看的分叉萝卜"。看到姨妈脸上的表情,她知道"自己在某种程度上失败了,面对人类的身体,我应该能做些有意义的事,而不是为它感到尴尬"。

这童年的顿悟发生在二十世纪二十年代初期,八十年过去了,戴安娜·阿西尔已被公认为一位"诚实的人类心理解剖学家"。她的书充满了亲密感,她以无比清醒的眼光看待生活和自己,下笔活泼而质朴,经常在同一个点上写得既痛苦又有趣,既尖锐又迷人。这些品质在她的小说和非虚构作品中都闪耀着光芒。然而,在她的大部分工作生涯中,即她在帮忙创立的安德烈·多伊奇出版社担任主编的生涯中,戴安娜·阿西尔并不自认为一名作家。一九六二年,她的第一本书《长书当诉》出版时,她已经四十四岁了。作为一个普通人、一个在公众面前并不显赫之人的自传,《长书当诉》是一部奇特的非虚构作品,它的作者称之为"记录性文字",也就是我们今天所说的"回忆录"。阿西尔后来陆续出版了其他几本书，包括短篇小说集《无法避免的延误》（*An Unavoidable Delay*，1962），长篇小说《别这么看我》（*Don't Look at Me Like That*，1967），以及另外两部"记录性文字"《葬礼之后》（*After a Funeral*，1986）和《相信》（*Make Believe*，1993）。不过，她从未放弃她的日常工作，这为她提供了安全感、社会地位（她被称为"伦敦最好的图书编辑之一"）以及满足感。她的工作使她免于为了生计而写作，因此，她只在确信自己有话要说时才写。

五十年的出版生涯，是她的第六本书——《未经删节》的主题，该书在英国（二〇〇〇年由格兰塔图书出版社出版）和北美受到热烈而广泛的赞誉。此时她已经快十年没有出版过书了，许多读者对她活泼又聪慧的声音感到陌生。这本书描述了她与自己的老板、密友兼（短暂的）情人安德烈·多伊奇（他在这本书出版的同年去世）的关系，以及在她的帮助下，出版社的选题库如何逐渐成型，还描绘了有关V.S.奈保尔、简·里斯和布莱恩·摩尔等作家尖锐而有趣的片段。以出版界为背景的回忆录小众且不算特别受欢迎，但《未经删节》突破了其明显受众（不多）的局限，如许多评论家所言——堪称"经典"，并受到一些此前既未跨人过出版社大门、也从未想过自己会对此感兴趣的读者喜爱。这是她作为作家的技巧和写作个性的胜利。然而，尽管这本书非常坦率细致，但它只是间接的自我揭示。它向我们展示的是一个已经成形的个体，这让我们不禁想知道，阿西尔是如何成为她现在的样子，是如何看待自己看问题的方式的？

阿西尔最个人化的书《长书当诉》，让我们得以观察这个角色的形成。其核心是她第一次坠入爱河，最终遭受严重的失望、悲伤和孤独的打击，导致自尊受到侵蚀的悲惨故事。在这本回忆录中，我们见证了一个灵魂从最初被抽干了活力，到慢慢地、艰难地恢复生机的过程。我们看到阿西尔出现了，她不仅活着，而且充满能量，还有幸获得了一种抒情而敏感的视角，在这种视角下，她能以务实而合理的方式看待自己和生活。

鉴于她优裕的家庭环境必然会带来的封闭和局限，阿西尔的远见尤其引人注目。"我曾经，"她在描述自己在诺福克乡村田园诗般的人生开端时写道，"与别人一样舒适，一样自鸣得意，并一心相信我们

是最好的。"出生于一九一七年,作为陆军上校的女儿,阿西尔童年的大部分时间都是在外公外婆家度过的,尽管经济拮据,但家里:

必需品包括一个园丁长,他手下要有两个帮手、两个马夫、一个司机、一个管家和一个男仆,一个厨师和一个厨房女仆,还有个帮忙洗碗的女仆,一个女佣长和两个女佣,还有我外婆的专用女仆。还包括供我们娱乐的动物,供我们学习的家庭教师和学堂;还有书籍、大量有益健康的食物、亚麻而不是棉布材质的床单;除了餐厅、吸烟室和前厅,还有三间独立的房间供一天不同时段使用——不知为何,外婆总是在前厅喝茶,还有一间婴儿室。

身披舒适衣衫,号称拥有"粗犷的阿西尔骑士"高贵血统的她,似乎已经准备好长大成人,带着这份"优越感",镇定地走向世界。然而,她十岁时产生的一个突发奇想已经让外婆感到震惊,这也表明,戴安娜明白,在儿童餐的庇护之外,还有一个更加动荡的世界:

我觉得人们就像被囚禁在一个漂浮在海面上的碗里。虽然依偎在碗底也可以自满地过着自己的小日子，但碗在海面上旋转、颠簸，有时也会将其中一个人推到一边，看到碗的边缘——四周是混沌危险、冰冷灰色的无尽海水，直到那时人们才察觉，自己一直以来以为的安全之所只是一个小碗而已，令人无法忍受。

通过阅读书籍，同时在那个劝说她尝试画裸体的姨妈的鼓励下，戴安娜开始感觉到"家庭思维方式"的狭隘和束缚。尽管如此，她依然毫不质疑地任由大部分时光从自己身上疾驰而过，度过了以"骑马和性事"为主题的青春期，在此期间，她还花费了"数小时、数周、数月、数年"去思考穿衣打扮。离开中学时，她已经长成一个"精力旺盛、举止有些笨拙的女孩"，"做作，还有点傲慢"，极有可能陷入目光狭隘的自我满足中。

此时，"保罗出现了"，他意气风发，"能像磁石吸引钢铁一样，敏锐地捕捉到任何人、任何地方、任何活动或任何情况的本质，同时行事也能突破先入之见或偏见的条条框框"，他是牛津大学的本科生，到家里来辅导阿西尔的弟弟学习。十五岁的戴安娜热切地爱上了这个男人，以及他拥抱生活的态度，在那一刻，"我的人生轨迹就被划定了"。通过这个不受约束的、思想开放的爱人，她学会了不带偏见地看待差异，在不同的世界间游走，甚至将它们结合在一起。就是保罗，阿西尔告诉我们，他"打破了我的边界，让我渴望将人们当作平等的个体去交往，而不论阶级或种族；他将我从当时虽然并没有伤害到我，却很有可能困住我的枷锁中解放出来，为此我永远感谢他"。这一新视角的社会广度，配上强烈的声色体验，令戴安娜陶醉。

有一年复活节，他[保罗]和我一起去摘樱草花……看到我对树林深处那厚厚一层樱草花稀松平常的态度，他感到大为惊讶。在我眼中，樱草花在那里长得茂密理所当然，它们一向如此，但保罗长期生活在伦敦和海边，那些地方的樱草花并不繁盛，所以他看到这些花时……保罗将脸埋在花丛中，大笑着。然后，戴安娜看到：

刹那间，樱草花那脆弱、微红、略微毛茸茸的茎，那娇嫩的花瓣，那精致的花心漏斗状结构，那在更暗、更宽的老叶子中蜷缩着的浅绿新叶,以及每簇花朵的排列组合,那仿佛刚被雨水冲洗过的甜美芳香——有关樱草花的一切都变得鲜活起来。

二十世纪三十年代中期,阿西尔前往牛津大学学习英国文学。在那里的三年,她与保罗订了婚,同时享受着与其他男人的各种"次要关系","这些不断增加的约会"频繁"在我们经验的矿坑中炸出新的井道"。当时战争迫在眉睫,她和朋友们生活在这样的阴影中,却尽力让自己感到快乐,以避免被"对生活的恐惧"所摧毁。"我当时确实很轻浮,也很懒惰",她谈到大学时的自己,"现在看来,能成为这样的人是一种幸运,因为通过大部分时间都逃避现实、不去思考,我确实将战争发生前的三年时光像珠宝一样珍藏了起来。"

随后,恐惧来袭,但来袭的绝不仅仅是第二次世界大战的炸弹。戴安娜还以一种漫长而残酷的方式,失去了保罗。这次遭到摒弃所带来的惊骇在她的生活里撕开了一个洞,标志着她所谓的"不快乐的二十年"的开端。她童年的满足感和牛津的快乐岁月所赋予她的坚定恒心和适应能力,最终帮助她"养成了一种积极面对生活的心态"。但在很长一段时间里,她"能想象的最强烈的情感就是痛苦"。

阿西尔在描述自己战争期间所陷入的那种"令人作呕"的"屈辱"般的悲痛,以及斯巴达式苦修般的情感生活时,语气充满了悲伤,弥漫着酸楚。"这种漫长而单调的痛苦使人精疲力竭,仿佛一种稀薄又难闻的酸性液体代替了血液",她观察到,"多年的空虚,多年麻风病般的无聊,意义之战将我消耗殆尽"。在BBC海外服务部找到一份不起眼的工作后,她"进入了一种奇怪的隐居状态","灵魂缩成了豌豆般大小"。

阿西尔敏锐精确地分析了自己的痛苦,以及自己试图躲避或击败它的努力。《长书当诉》在若隐若现的光线中闪闪发亮,证明了作者在黑暗中也能看清事物的求生技能。"在深夜换班后,沿着空荡荡、寂静的牛津街伫立的,那些交通灯的小亮片——在灯火管制期间因灯罩被遮挡而显得黯淡——从红色变成琥珀色再变成绿色,看起来就像在低语,我就是用它们填满了我的那些日子。"

为了填满日日夜夜,阿西尔开始在一系列"愚蠢"而短暂的性接触中"抓住情感"。这些更为严厉、更为悲伤的段落弥散着一种非同寻常的亲密感。

这些描述不仅探索了阿西尔的心灵隐地以及"身体的真相",揭示了她最私密的想法、感受和行动,还邀请了读者观看她对自己的观察。"我一分为二,"她在谈到自己在偶发的风流韵事中的恍惚状态时说,"一半顺从地、轻松地按惯例行事,另一半则带着一种讽刺的搞笑感冷眼旁观。"她在其他书中将这种尖锐称为她的"透视眼"(如此训练有素,在后来的回忆录中,当这种观察转向他人时产生了非常滑稽又有点令人不安的效果),在这里则经常转向自己。

这个"旁观的自我"让阿西尔的作品免于自我沉溺,令人耳目一新。她避开了回忆录这种文体特有的危险,在展示自己的同时又没有陷入自恋,以一种能传达意义和吸引力的方式点亮了她生活中最微小、最普通的细节,又没有通过夸张或多愁善感来扭曲事实。她的坦率是罕见的:她以一种惊人的、现代的、对个人经历全无拘谨或藏匿的方式对着她的读者说话,从不无端地耸人听闻或不胜其烦地忏悔。正如她承认的那样,对于在《葬礼之后》中描述的诸如滥交、堕胎和危及生命的流产等经历,她"难以超然地面对",但她的写作确实有一种经过仔细校准的超脱。她的回忆录具有独特的内省品质,免除了幽闭恐惧,却又总是全神贯注。通过呈现所有磨难和喜悦,她把我们拉进她的故事和意识中,又没有把我们推入偷窥者的尴尬境地;让我们介入到不时大吃一惊的亲密关系中,却并不强加任何自怜自艾。她对心理的深层次探索,配以轻松提神的讲述方式,令人释怀。

尽管经常显得悲伤,但《长书当诉》依然是一本光芒四射、鼓舞人心的书。它的最后几章充满了再生之感,阿西尔描述了"我原以为自己已经死去的神经,一根接一根地复活了",还讲述了她是如何成为一名作家的,对那个瞬间的描述(她的作品中常有类似的描述)异常生动。

一九五八年一月的一个早晨,"我正牵着狗穿过摄政公园的外环线散步,这时一辆路过的汽车减速,又加速,又再次减速,然后停了下来"。这认错了人,假设出了错的滑稽时刻,让阿西尔感觉"异常振奋和开心"。一回到家,她就匆匆写下由于与车上那个男人的短暂相遇所激发的回忆。"就在这时,发生了一件事",在一种"能量,那种内心涌动的感觉"的推动下,她的第一个故事"喷涌而出,毫无阻滞"。

除了她"保持原样"的承诺,以及写一个"想让人们去读这个故事"的决心之外,阿西尔对自己的文学事业并没有明确的定义。她对"虚构出来的"故事和那些更符合自己经历的事进行了区分,但并没有对小说和非虚构作品进行更明确的划分,只是通过观察,认为自己尽管对拥有"虚构"故事的能力更自豪,但还是更擅长写非虚构作品。

《长书当诉》的开头是个即兴尝试。在四十年后,回顾自己第一本书的开端时,阿西尔还记得:

> 我在打字机里放了一张纸,开始写作,写的竟然是我的外婆!从此就停不下来——真是这样——我坐下来写作时甚至不知道自己想说什么。但不管是什么,我就是特别想说出来,从办公室回家的那一刻就巴不得坐到打字机前(有时在办公室里我也会在桌子底下乱涂乱画),但我从来不知道它将是什么样子的。

这位编辑出身的作家不知不觉地为一种新的文学类型的诞生做出了贡献。现在,回忆录已经发展成一种流行类型,揭示了隐藏在私人时刻而非公共成就中的丰富生活。但在二十世纪五十年代后期，阿西尔开始写作时，她所写的内容以及这种写法，并没有被归入某个明确且受欢迎的类别。在那个时代，她以一种文学与情感上的非凡开放性来表达自己，赋予了写作持久的新鲜感。

在这本如今依然异常生动的书中，阿西尔轻松而慷慨地为我们提供了一个万花筒，在其中可以进行诸多冥想：关于爱、性与摒弃；痛苦、屈辱与失落；孤独、友谊与信仰，还有英国人、阶级与种族，等等。她的思想常常充满智慧，总是以全力推动个人和社会的坦诚为特点，承诺"理解、知晓并触摸真相"。《长书当诉》向我们展示了，一个人如何通过"观察事物"——也就是始终睁大眼睛体察这个世界——来拯救自己。

安德烈娅·阿什沃思[1]

---

[1] 安德烈娅·阿什沃思（Andrea Ashworth），英国作家，代表作《浴火重生的女孩》获1999年英国作家协会颁发的萨默塞特·毛姆奖。——译者注（本书若无特殊标明，均为译者注。）

1

我外婆是老死的，那是个漫长而痛苦的过程。她九十二岁时，心脏和动脉开始出现衰退的迹象，但直到两年后，情况才开始变差，导致她走向死亡，尽管当时她的神志仍然清醒。到了最后，痛苦和疲惫让她对生命不再紧抓不放，当她再次从心脏病发作中"恢复"过来时，她会低声抱怨："为什么上帝还不让我死？"但很长一段时间里，她对自己身上正在发生的事感到很害怕。她害怕死亡，更糟的是她感到悲伤，她花了很多时间来问自己，这一生到底是为了什么，却往往无法回答。

我那时和她相处的时间并不多。她的儿女们或住在附近，或与她一起生活，都能陪伴在她身边，渡过这难关，但她的孙辈比较分散，只有在拜访父母时才去看望她。有一次我碰巧在她病得很重的时候在场，当时其他人都比平时疲惫，所以我守了一晚上夜。我坐在她冰冷的房间里（因为关上窗户她会感到窒息），看着她双眼凹陷，嘴巴大张，形成一个吓人的黑洞：外婆一向对自己的仪表非常在意，此刻却大张着嘴躺在那里，这场景令人难以忍受。

我听着她呼吸的节奏，有时会停止整整一分钟，此时的冬夜，仿佛进入了绝对静止。在这长长的沉默中，我向她的上帝祈祷："求求你，请别再让她呼吸了。"我知道，即使她此时离开，我也不会害怕，反而会感到平静。但每一次，那刺耳的、带着鼾声的呼吸都会再次响起，把她拉回，将她唤醒，让她承受更多的痛苦和身体上的屈辱。几周后，她又恢复了一些，甚至可以给当地报纸写一封愤怒的信，反映一条她不赞成修筑的新路，还命令牙医到床边给她做了一副新的假牙。就在这段时间的某天下午，她将自己那双布满斑点的美丽眼睛转向我，直截了当地问："我这辈子到底是为了什么而活着？"

这个答案本应由她来告诉我的。她这辈子都是个信仰坚定、经常做礼拜的基督徒，但此时她能依靠的只有自己——倒不是说她像约翰生博士[1]那样，根据所信仰的教义，担心自己因所犯的罪孽而吃苦头——她只是没有得到信仰的支撑罢了。我只好告诉她我所相信的：她至少为自己的生活而活过。这

---

[1] 指塞缪尔·约翰生（Samuel Johnson），他是 18 世纪英国著名诗人、散文家、词典编撰家、小说家、传记家、文学批评家。他具有严肃的宗教意识，詹姆斯·鲍斯威尔所著《约翰生传》中提到，"他对临近的审判的恐惧如此之大……对死亡极度恐惧……"

几个月漫长而艰难的垂死过程，可能会使她的生命黯然失色，但并不能抹去她曾经的生活。她为我们，为她的家庭，通过爱和被爱所创造的东西，仍然存在，并将继续存在，而所有这一切，没有她就不可能存在。"你真的认为这些值得吗？"她问。我握着她的手告诉她，我全心全意地相信这一点。之后我离开了，心里却充满了疑惑。对她来说，这很可能就是事实。她为我们创造了一个世界。哪怕仅存我一个后人还扎根于那个世界（而我其实还不是扎得很深的那种），她所爱的东西就会一直存在。但要是一个女人从来没有机会或错过机会去创造这样的东西，情况会怎样呢？我自己的情况又会怎样？这真是个让人后背发冷的问题，而我就身处这个问题之中。我等待着身体开始发抖。

然而，颤抖并没有发生，我想知道是因为什么。这就是我坐下来写这本书的原因。

2

要去爱像我外婆这样的人，感觉上是很奇怪的，因为我几乎在所有重要的事情上都和她意见相左。换成任何人抱持她的价值观，我都会觉得荒谬，令人震惊，但她就在那里——我奇特的母系家庭里的主导人物，我对她的记忆充满了爱、欢乐和感激。

她的父亲是牛津大学一所学院的院长，她是他四个漂亮女儿之一。还是个小女孩时她就发誓，除了自己要嫁的人，绝不会让任何男人吻她，她也的确做到了。她与自己未来的丈夫相识时，对方正在读大学，这个男人有一双冷淡的蓝眼睛，带一丝约克郡口音（比如把"castle"读成"cassel"，把"laundry"读成"larndry"），他攻读的是法律专业，但因为继承了父亲的房产（也就是后文中的贝克顿庄园），他最终并没有从事法律工作。房产位于东盎格鲁，据说这里气候更加温和，他的家人之前为了照顾他母亲孱弱的身体搬到了这里，没有留在约克郡。但他的母亲尽管外表娇弱，其实是个坚强的女人，因为她活到了高寿。况且，如果说东盎格鲁的气候真的比约克郡温和，那上帝保佑我不必去约克郡过冬。

外婆给丈夫生了四个女儿，我母亲是最小的一个，随后，我怀疑当一丝挫败感开始困扰她时，她又及时生了个儿子。她鄙视女人，或自认为如此。她自己非常聪明，并乐于将两个女儿都送到牛津读大学，这种做法在当时还很不常见，她还为自己的孙女和外孙女们在"非女性化的"职业中可能取得的成功感到自豪，但她依然坚持认为，女性的心智劣于男性。这里有些模棱两可的因素在起作用，虽然外婆从未质疑过男性的优越性，但外婆家的氛围明显是很女性化的，而且她女儿的丈夫们似乎总有点被边缘化。在谈到适合男性的话题时，比如战争、政治、地方政府问题、神职人员任命等，她会以一种正式的尊重态度转向某个女婿："我一直想问你，我应该给主教写信吗？"但如果她真打算给主教写信，她就会直接写，不管女婿会怎么说。倒不是说她对男性的这种尊重是假的，但很可能是她心里存在一个太过有"男子气概"、绝对可靠的形象，而在现实里根本就找不到这样的人，换句话说，这个家里的男人，没有一个能完全符合她心目中的男子汉标准。

我不知道外公是否符合这个标准，因为我六岁时他就去世了。如果不符合，那也不是他妻子的错。我对于他们之间关系的了解，来自他们在贝克顿庄园藏书室里的两张写字台的位置,他的离火很近,她的则离火很远;还有就是,在外公死后,外婆每次提到他,总给人一种他的所言所为都毋庸置疑的感觉。她提起的次数并不太多,但总是同一个模式:"外公总是说……"所以就该如此;"外公永远不会让孩子们……"所以他们不能这样做;"外公非常喜欢……"所以这很好。她崇拜他,就是这个家庭的信条,但当她最后一次生病时,她一个女儿捕捉到了她的不安。当时,她们谈到外婆对死亡的恐惧,"我不明白你为什么这么害怕,"女儿说,"你一直都很虔诚,你肯定相信来世,也相信能再次见到爸爸吧?"外婆似乎什么也没说,"但是,"姨妈后来告诉我,"她向我瞥来一个非常奇怪的眼神,吓了我一跳。"这个眼神也可能是针对"来世"的,但作为她的女儿,姨妈有一种不适之感——她觉得它针对的,是外公。

我对外公有什么了解?他长了一副北方男人的好看外表,相貌堂堂,对银器和葡萄酒很有鉴赏力,还建了一座庞大而卓越的藏书室,里面核心是历史书籍。在扩大贝克顿庄园时,他将其改成了U形而不是L形,还在大约一七六〇年时,在庄园里建了一个砖窑,用来制作与房子相匹配的小砖,又聘请工人将围绕着新大门的石头雕刻成乔治亚风格的设计,并为他放在新客厅中的亚当斯壁炉架加上石膏装饰物。他是个有品位的人,但他的目光始终朝着过去。他会奖励八岁前就学会《利西达斯》[1]的孩子六便士;他能用精准的、抑扬顿挫的约翰生派风格写一篇关于塞尔维亚人(他称之为"Servs")的论文;他还去意大利和希腊穷游,将石瓮带回来放在露台的墙上,并坚持让随行的孩子们刷牙时将高锰酸盐放入水里。他是个好农民,贝克顿庄园占地一千英亩,其中一些土地出租给了租户,但大部分都附属于庄园农场。外公虽然从约克郡雇了一名土地管理者,但其实他自己还是承担了大部分管理工作,而且做得很好。

我已经记不起外公对我说过什么话了。他的孩子们谈起他时,也总是和他的遗孀一样从无质疑,有时甚至很深情。他或许并不是个暴君,但他们传达出的信息是他统治着自己的领地,就好像行使某种神授的权力,所以我不觉得自己会喜欢他。死亡

---

[1] 17世纪英国诗人约翰·弥尔顿(John Milton)的一首诗歌。

一度赋予他一种神圣之感,他的灵魂从敞开的窗扇飞出,"去天堂与上帝同在",这让他也具备了一些上帝的恩慈。在那之后,他还为我创造了一个奇迹,让我安然无恙地穿过了一片荨麻地。每年春天,我们为外婆的生日制作樱草球时,会将其中最好的那些放在他坟墓的一块朴素的灰色石板上,那上面刻着"明天将奔向新鲜的树林和新的牧场",我们对他那些虔诚和爱的感觉,更多是由这个行为引发的,而不像是对一个真实男人的纪念。他所给予我的一切,包括我的成长地贝克顿,以及生活中不可或缺的书籍,很快就变成是由外婆给予的,而并不是他。

外婆则一直都在那里。早餐后,她会穿上工作服,在通往藏书室台阶旁的露台给狗刷毛,然后戴着厚皮手套,在温室或玫瑰花坛里侍弄花草,剪一些鲜花装饰屋子,然后再将另一些一排排放在"花房"里,这里有许多花瓶,狗儿们也在这里睡觉。她还用小张的镶黑边的纸写很多信,字体如同速记,只有她的女儿们能理解其意。她每天散步很长时间,晚上还服用大量番泻叶,因为她认为新鲜空气和大便通畅是健康必需。她密切关注着家务,有时也因习俗而有所简化。蔬菜、牛奶、鸡蛋和黄油都产自庄园，在固定的时节里还要腌制火腿、采集蜂蜜装罐、制作果酱，每个月还需要从伦敦的公务员商店邮购杂物。这是一种简单而有节奏的生活，她只关心管理，而不是具体操作，但后来她搬到了一幢较小的房子里，人员问题加上固定收入减少迫使她亲力亲为，尽管我们其他人也已经习惯性地干了多年，但她还是比我们都更了解该如何清洁、除尘、擦亮银器，等等。

她生活的乐趣就在于她热爱的这个地方、她的家人，以及阅读，因此她的生活本应是宁静的。但什么原因导致焦虑成为她生活明显的主线呢？只要有人离开贝克顿，我们就会在外婆的眼睛里看到深深的不快乐。也许只是一段很短的旅程，只是为了消遣，但她还是会感到一阵恐惧。担心我们吃得不够，吃得不健康；担心我们不能开着窗户睡觉；担心我们会染上传染病；担心车可能打滑，火车也可能出轨——担心只要人们离开，就会发生以上种种不好的事。这种态度，我也曾在其他生活得安全、舒适、受到特权庇护的人们身上看到过，他们从心底里期望灾难远离。我想，不管他们是否意识到，但这种态度本身就承认了他们所处的位置正受到威胁,摇摇欲坠。我的外婆非常了解历史,她每天都读《泰晤士报》,知道世界上正在发生的事情:有关正在发生的以及传言要发生的战争;有关国外的共产主义者和国内的社会主义者;有关增税,以及传统逐渐不受尊重的事实。她是个保守派、淑女,一个虔诚的新教徒和财产所有者,面对不受她控制的力量时自然会进入防御状态。她不相信"外面",并把这种不信任转化为对意外和粗心大意饮食的担心。我一遍遍地听到她或像她这样的人用十分沮丧的声音说:"但是你不能乘坐那趟火车,你会错过午餐的!"就好像他们曾经历过困难或饥饿,因此被食物的价值困住了一般。但他们不是用咖啡勺,而是用烤牛肉、牛肉布丁、苹果派以及奶油来衡量价值的一代人,他们从来没有感受过或担心过真正的饥饿,那么这种非理性的恐慌,如果不是什么其他东西的象征,又会是从哪里来的?

随着年龄增长,外婆的焦虑越来越严重,因为她觉得按照事情正确的、自然的规律,她应该在自己去世后也能养活我们所有人,但显然她做不到了。不过在我还是个孩子时,这一点还没那么明显,这简直就是亲爱的外婆在大惊小怪嘛,如果你取笑她,她就会悲伤地朝你笑笑,半是自嘲,半是在表达:"你现在尽可以笑话我,你要是真的明白就好了。"

我父亲那边也有个家,但那边没有贝克顿——实际上没有任何土地。我的爷爷在一个舒适的环境里做牧师,在我还是个婴儿时,他就无缘无故地开枪自杀了(我相信原因是煤没有按时送来,他患有高血压,经常为小事大发雷霆)。这是个和我母亲那边一样"好"的家庭,尽管他们在很久以前就离开了东盎格鲁,但在我们心爱的郡里,这个家庭拥有比母亲那边的家庭更好的东西:几座坟墓和几枚黄铜纪念牌——这证明了在相当长一段历史时期,这个家庭出过几个粗犷的阿西尔骑士和一个鱼商。尽管如此,我母亲还是觉得不如她的家庭,而且我也已经记不清她是用什么方式把这个想法传达给孩子们的了。她总觉得只要东西归她所有,那这东西就有了九成的价值,哪怕一条狗也是如此。她是个对动物热爱到荒谬程度的女人,却很少承认别人家狗的魅力或血统,"我觉得,这小狗长得还不错,"她会这么说,"但腿太长了点。"或者说:"这条狗太歇斯底里,总是对陌生人大惊小怪。"与此相仿,她对丈夫的家庭也感到厌烦和恼怒。似乎在刚结婚时,他们之间有关忠诚的冲突就出现了,比如应该和谁的家人一起过圣诞节?她会像个孩子般地说一句:"我反正得回自己家。"然后就应付过去了。

因为贝克顿庄园的存在,选择其实非常容易。一座拥有二十间卧室的房子,矗立在一个大花园和园林之中,周围还有一千英亩的土地围绕,相比之下,我奶奶家在德文郡那只有六间整洁卧室的房子和两英亩的花园,就没那么吸引孩子们了。假期去贝克顿会比较明智,如果我们或哪个表兄弟、表姐妹生病了,或父母出门在外,那么贝克顿的外婆就非常乐意收留我们,同时也没什么不便;而德文郡的奶奶虽然也很喜欢我们,却不得不把房子整个折腾一遍才安顿得下我们。此外,我父亲是一名陆军军官,在我整个童年时期都是少校军衔,私人财产数目少得几乎不值一提。他从结婚那天起,就过着入不敷出的生活,一直很节俭,也很忧心忡忡,即便如此,他也无法让妻子和孩子们过上在贝克顿时那样美好的日子,因此,如果他不让他们去庄园,就会显得很无礼。事实上,我怀疑就算他尝试过阻止,也毫无用处。我的母亲意志坚强,而他爱她,这使他处于劣势。因此,尽管我和弟弟妹妹们知道，我们"官方的家"是爸爸现在工作的地方——伍尔维奇，或待他从军队退役后，就应该是哈福德郡——但我们"真正的"家，我们从其他地方"回去"的家，是贝克顿。

我曾经买过一个大约一七八五年制造的棒状小玻璃瓶，它从颈部到底部有一道精致的螺旋装饰，我满怀喜爱地看着它，欣赏着玻璃的颜色及其不规则的形状，随后开始疑惑，为什么英国那个时代制造的物品如此契合我的审美？我曾经学过鉴赏其他世纪、其他国家的作品，但我不记得曾经学习过鉴赏十八世纪英国的作品。因此，我得出的结论是，很可能是因为我成长的大部分时光都在一座十八世纪的房子里度过。这个想法很令人欣慰。我很高兴自己虽然没有继承什么金钱或财产——如果我能确定自己也没有继承对其他人的任何偏见或某些心态，我会更加高兴——但孩提时期的心智和眼光却无意识地受到了优雅造型、恰当比例，以及精湛工艺细节的审美训练，这个想法我非常喜欢，它表明，无论中产英国绅士可能有什么缺点，但他们很可能对优雅和风格始终保持着一定的感知力，嗯，这还真不错！

不幸的是，才想到这里，我又回忆起那些亲戚购买的各种物品——在我长大离家，开始流连在博物馆，去听取在这方面比我受过更好教育之人的意见之前，这些物品一直被亲戚们所珍视，我自己也非常欣赏。我想起了某些灯具、瓷器、窗帘或椅套的面料……确实，我们都熟悉这种美，所以如果我们中的任何人对美感兴趣，从这种熟悉的美入手，应该非常容易。但如果说我们经由对这种美的熟悉获得了一种根深蒂固、普遍适用的品质感或风格感，这显然是不正确的。如果贝克顿的人们需要购买新东西，但在合适的地方买又负担不起的话（我这一生，这个家庭的好运一直在走下坡路），那么他们选择的依据并不是知识，而是熟悉程度。新买来的东西会是对旧东西可怜、差劲的模仿，但我们会开心地对这些差别视而不见，无论它们是锈迹斑斑还是法式抛光、玻璃是切割的还是模制的、曲线是优美的还是笨拙的。如果放任自流，我们家大部分成员并不比他们所可怜和鄙视的郊区居民的天然品位好多少（工人阶级还被允许有一些独特甚至可爱的优点，但郊区居民，不可能！）。

我们并不经常买新东西，一方面是因为贝克顿庄园的一切物品在坚固耐用的意义上肯定是"好"的,另一方面是,即便在我小时候,奢侈也是会受到谴责的。与绝大多数人相比,我家的庄园仍然是富人的房子,但这个家庭并不觉得自己富裕。我们在必需品和奢侈品之间有着严格的认知界限,而奢侈品是会受到质疑的。

在我的童年时代,必需品包括一个园丁长,他手下要有两个帮手,两个马夫,一个司机,一个管家和一个男仆,一个厨师和一个厨房女仆,还有个帮忙洗碗的女仆,一个女佣长和两个女佣,还有我外婆的专用女仆;还包括供我们娱乐的动物,供我们学习的家庭教师和学堂;还有书籍、大量有益健康的食物、亚麻而不是棉布材质的床单;除了餐厅、吸烟室和前厅,还有三间独立的房间供一天不同时段使用——不知为何,外婆总是在前厅喝茶,还有一间婴儿室。财产是不容破坏的,实际上,将所有这些维持在一个适当水平后,我们几乎没有剩余收入。

我母亲那一代人,包括我们这一代的衣服,除了正式的外套加裙子,以及骑马服必须去找个好裁缝外,几乎都是家里或村里做的。令我高兴的是,我母亲是家里最奢侈的人,她曾经兴高采烈又满怀愧疚地去伦敦买衣服,但那是一种冒险,并不常常发生。我的外公偶尔旅行(因为是在我记事之前,我将之视为"壮游"[1]),但他去世后,很少再有人去国外度假。仅仅因为厌倦了旧窗帘就给卧室买一套新的,这类事简直闻所未闻。如果旧的破了,不得不更换,也只会考虑更便宜的布料(连我母亲也从没考虑过最贵的布料),剩下的,哎,就全靠我刚才一闪念间总结的我们那天生的品位了。如果有人喜欢粉红玫瑰图案,那就会去选择粉红玫瑰的窗帘,根本不管房间的其余部分是如何布置的。但有时确实会有些美学认知,能说出"图案中的蓝色和地毯中的蓝色很配"这种话,这表明设计中有一个很小的蓝色图案,如果仔细观察,几乎可以发现它与地毯图案中同样不起眼的蓝色旋涡花纹相匹配;或有时你还会说出这样的话——这些话已经决定了许多英国室内设计的命运,以及许多英国女性的外表——"这颜色不错,非常百搭"。

不过,贝克顿庄园确实是一座迷人的房子,而

---

[1] 壮游(Grand Tour),指自文艺复兴时期以后,欧洲贵族子弟进行的一种欧洲传统的旅行,后来也扩展到中欧、意大利、西班牙富有的平民阶层。壮游尤其盛行于18世纪的英国,留下了丰富的文字记述。

且我所知道的几乎所有英国同类房屋都是如此。里面有很多可爱的东西，有时是偶然继承而来，有时是源自个别人的好品位，或别的一些东西。住在里面的人们或许对装饰不感兴趣，但都对自然感兴趣，对花、树、天空、风景和天气，他们回应以强烈的审美愉悦，不假思索地将大自然尽可能地带进房子里。摆满插花的桌子，华丽的印花棉布，描绘心爱之地那些平淡无奇的水彩画，这些都展现了在这所房子里的生活，令他们心旷神怡。

当然，作为孩子，我认为这些不仅可爱而且是必然的：这就是房子该有的样子嘛。任何一所房子，如果没有这些东西，如果从里面望出去看不到露台和花园，看不到花园外的湖泊，以及湖泊对岸的那一片"隐湖林"（我们一致错误地认为这是"万能的布朗"[1]设计的景观），那么它都不配被称为一座房子。当我母亲因为我向朋友们吹嘘贝克顿庄园的卧室数量和湖中的两个岛屿而责备我，告诉我永远不要向不够富足的人们炫耀好运时，她或许纠正了

---

[1] 兰斯洛特·布朗（Lancelot Brown），英国园林设计师。由于他对不同条件下园林的建造都十分自信，口头禅是"大有可为"，所以人们又称他以雅号"万能的布朗"。

我的举止,但根本没有削弱我的优越感。即便寒冷也觉得骄傲,因为温暖不是必需品,我们认为它与新鲜空气相反,因此不健康,每年的十一月到二月,每个人的手脚上都长满了冻疮。"早晨,我的蛋糕经常被冻得硬邦邦的",我还记得自己对一个不那么坚强,也不那么幸运的孩子如此吹嘘。

在这样的生活已近尾声时我才介入其中,并如此热爱着这个建立在特权之上的地方,而获取这种特权的历史早已远去,为此我感到多么内疚?我并不经常提到这件事,但每次想到这个问题,一个身影就会出现在我面前,一个在曼彻斯特后街长大的无名朋友的形象,他的童年记忆和我的截然不同。我觉得,就算在他最仁慈的时候,也会用古怪的眼神看着我,而如果我还一再向他重复我的外婆、父母、他们那一代亲戚甚至我自己这一代人针对他的口音、衣服、姿态……的种种评说,嗯,我怎么能重复那种话?如果他是犹太人或黑人,或其他非贵族出身的外国人(因为外国人只能通过头衔来保证自己的绅士地位),那么他对我的背景,除了厌恶,还会有什么别的感觉?

那种自鸣得意、理所当然地认为自己高人一等的态度！许多拥有土地的家庭都比我家更富有，也更有教养，我承认这里的细微差别，但依然没有影响到我们对这种优越感的笃定。除非是结识贵族，这让他们感到一种近乎失态的愉悦，否则他们深信自己就是最优秀的那类人（确实，不是贵族却更富或更豪华的人都显得有些可疑）。当我的外公外婆斥责某人"不是绅士"时，他们那不假思索的笃定里包含着一种道德判断，而当我父母那一代人如此宣称时，相同的道德判断里即便悄悄带上了一抹抱歉或未必认同的色彩，那色彩也非常微弱。

这种态度说好听一点是很可笑，说难听一点则是令人反感，因为这个特定的家庭凭什么来确定自己是"最好的"？大部分家庭成员的能力虽然可敬却也平凡，成就也不过尔尔。他们中没有谁异常聪明或精力充沛，大多数人还相当缺乏想象力。他们或许是慷慨和深情的，但几乎从未将这些品质扩散到家庭之外。同其他人一样，他们有自己的魅力、有趣的怪癖、可爱或令人印象深刻的方面，他们的行为标准在一定范围内是文明的、可靠的，但他们不仅在品位方面并不比任何人强，在身体、智力和道德上也不过是中等水平。然而，除了那些与自己非常相像的人之外，他们鄙视这个世界其余的部分，就好像作为英国乡村绅士本身就使他们成为非凡的存在。但即便按照自己的标准，他们也不够达标，因为他们的社会关系还不够优越，贝克顿庄园也不够大，无法让他们接近势利阶梯的最顶端。

是什么让我的家人如此自满？年复一年，这个问题让我越来越困惑。满足感本身并不令人反感，因为只有拥有它，人才能舒适地活着；但它的另一面，即对任何非同类之人的蔑视或不信任，则是愚蠢、丑陋和可怜的，与这样的一群老顽固因持久的爱与习惯的纽带而紧密相连，这是一种奇怪的感觉。花了这么多钱在教育上，却依然很少思考！他们对人的判断根据仍然是元音的发音方式、外套的剪裁、措辞如何……"他穿了一件我觉得他会称之为运动夹克的东西"，就在几天前，我的一个家人还这么评说（他会称其为"粗花呢大衣"），但就穿运动夹克的那个人而言，夹克就是夹克。一旦被灌输了这种反应和判断，就很难完全摆脱，我知道自己直到死那天，都无法避免地会注意到将"round"读成"raound"，将"involve"读成"invoalve"这种情况（我认识的一个军官熟人就曾因这种错误而否决了一个委员会的候选人),因为一种内置机制总是会起作用,不管我如何不喜欢这种机制,它都会让我把我遇到的每个人在心里分类归置,就好像那一刻,起作用的是我父母的眼睛和耳朵,而不是我自己的。但是一旦这种机制被触发,它又很容易被我忽略。我很难有意识地注意到它的存在。

一位临终的老人曾对我舅舅讲过一段珍贵回忆,让舅舅非常高兴,老人说那回忆在他脑海中留存了多年,正如同他所热爱的英格兰的剪影——他曾开车偶然经过贝克顿,瞥见我舅舅在园子里骑马。这是一座很美的园子,种着一片片山毛榉和橡树,地势优雅地向湖边倾斜,湖对岸是被称为"隐湖林"的树林。房屋(老人开车走近时,它位于画面的左侧)占据了园子的主体,却又不过分张扬,围着栏杆的露台一角立着一棵巨大的雪松,恰好打破了略显严峻的乔治亚风格的线条。"那是个完美的十月下午,"老人说,"隐湖林的树木那秋日的叶片呈现出金色,倒映在水中,你骑着一匹黑马在湖边慢跑,那可真是一匹漂亮的马儿,后面还追着几条狗。我看着你,心想这个场景真可爱,这就是英格兰啊,我永远也不会忘记。"

在描述这段对话和老人情绪的时候,舅舅露出有点不以为然的笑容,可是他不仅被感动了,还觉得非常满意。老人从他及其周围环境中看到的,正是他们深感属于自己真实本性的东西,当他细细回味时,确实讨人喜欢,也并不荒谬。他被一种深爱的愿景打动,那愿景曾在战争期间他身负重伤时让他得到过安慰:他由衷地觉得,为了英格兰,他死而无憾。如果有人对他说:"但你并不是英格兰,你和你所代表的一切,只是英格兰的一小部分,而且是古英格兰的一部分,这一部分不是靠行为或美德,而是靠大部分跟你没什么关系的金钱才得以保存下来的。"这说法与其说是攻击了一个幻想,毋宁说攻击的是根深蒂固的信念。他可能会这样回答:"好吧,确实是靠金钱才得以保存下来的,但金钱掌握在合适的人手中,也就是像我们这样的人手中。对于存在这样的人和这样的金钱,还有什么需要争辩的呢?"他和他的同类一生都活在安逸里,由这种安逸又孕育出了自矜,但"自矜"这个词,用来形容他们这些身处其间的人感受到的状态,又似乎太简单了。对身处其间的人来说,他们觉得那更像是一种道德和审美的正确;对身处其间的人来说,我这样提出质疑的人才显得愚蠢、丑陋又可怜,而且还忘恩负义。既然承认文法学校的男孩、白手起家的商人、艺术家、外国人或其他任何人和我们一样有可能是"最好的"会攻击我们的笃定,而笃定是特权所赋予我们最舒服的东西,那我们又为什么要承认呢?这已经不仅仅是忘恩负义了,简直就是背叛。

我或许是个叛徒,但并不忘恩负义。我觉得自己非常幸运,出生在贝克顿最小的女儿家,而非儿子家,身处这样的家族位置,生在这个特定的年代,家里的资源在逐渐减少,使得不假思索的笃定与现实生活相冲突,并被消磨得愈发薄弱。我一直认为,要是永远无法突破它那令人窒息的重重褶皱,那将非常令人沮丧。但从另一个角度讲,如果没有享受过被这些褶皱包裹的温暖童年,也会是一种令人悲伤的损失。我曾经身处其间,与别人一样舒适,一样自鸣得意,并一心相信我们是最好的。如果安全感对孩子而言是最重要的事(当然是),那我确实非常幸运。

贝克顿和外婆,在我的记忆里已经混为一体。一想到她,我的眼前就会出现顶着一头纯白利落头发的漂亮女人(她三十岁时头发就开始变白了),穿着黑色、黑白相间或灰色的裙子，上身是交叉紧身胸衣和蕾丝领（到了八十来岁，她似乎忘记了自己的寡妇身份，甚至穿过一条柔软的粉红色羊毛裙）。她的外眼睑略微下垂，看起来有点奇怪，上面有些灰绿色的斑点，很容易看起来像是在嘲讽，但其实通常充满爱意，她会专注地看着我，不管我说什么，都哈哈大笑或表示很感兴趣（因为没人会告诉外婆令她震惊或不高兴的事）。只要看见这个女人，想到下车后打开院子和草坪间的白色大门，吸入第一口满是草、花和雪松味道的几乎能啜饮的气息，我就知道自己到家了。然后别的意象就源源不断地涌入脑海：有蝾螈和蝌蚪生活其间的厨房花园小溪；藏书室壁炉上石膏树下放着的大理石儿童雕像；婴儿房的书架边被撕开的扇形黑绿色皮革；我和一个表亲在下马厩院子里用山毛榉树枝搭的一个可以遮阴的山羊棚，因为山羊最喜欢吃那上面的山毛榉嫩叶（我们有时还会给山羊们吃番泻叶荚，甚至是阿司匹林或一勺止咳药）。晨间屋里，沙发背后和书架之间的空隙非常明显，我常常连续几个小时蹲在那里，读那厚厚的几卷订在一起的《笨拙》杂志。我还记得晨间屋和前厅之间的双开门上挂着的毛绒门帘的气味，因为有一次我曾裹在那里面写过一出戏，我的表妹将扮演戏中那善良、金发碧眼、略显乏味的公主，而我将扮演黑暗、邪恶的角色，有点像莱德·哈格德爵士笔下那"不可违抗的她"[1]。"孩子们，去晨间屋玩吧"，人们会这么说。这里是孩子们从婴儿室毕业后该待的地方，在这里，你可以在家具上蹦蹦跳跳，将积木或剪纸在地板上乱扔乱放。

那座房子里只有一件事令人不快：我们小时候睡觉的婴儿室夜里的鬼魂。这可不是普通的鬼魂，而是个令人作呕的存在，一个黏糊糊的灰色东西。有一天早晨，我正坐在马桶上，它就像一只粗短的大象鼻子，伸过排水沟，摸索到了窗边。没人喜欢那个房间，它位于房子的后部，朝向一片阴郁的紫杉林。按照老规矩，孩子们都是推给仆人们管的，没有例外，但也没人想把这件事告诉外婆，所以这和她没什么关系。从我记事起，我就能意识到，自己非常喜欢这个地方的所有声音、气味和质地，不仅因为这里很美，还因为这里的首席天才——我的外婆——爱我。

---

[1] 指的是莱德·哈格德爵士所著的《她：一个冒险故事》(*She: A History of Adventure*) 中的核心人物艾莎。

在家庭关系之外,她并不是一个有爱心的女人,也不宽容。她不信任仆人们,倒不是质疑他们的诚实(尤其是那些年长的、长期在家的仆人),而是觉得他们缺乏判断力。她觉得他们都是笨蛋,都很肮脏,当然,他们也很难做到不肮脏——考虑到几年前根本没人会想到帮他们在居住的阁楼上装个浴室,而且还不被允许用我们的。对那些政治或宗教上与她不同的人,她极端蔑视,尤其是那些相信教皇所说的就是上帝的旨意之人,或者社会主义者;对外国人,她不仅轻蔑,而且全无信任。如果谁认为他们在管理国家方面比我们更擅长,她就会认为那些人既是傻瓜又是叛徒。在相对于核心家庭而言可以被称为大家庭的分支(比如第二代远亲等,她总是神秘地全然了解他们的命运并祝他们好运)范围之外,她没有亲密朋友。

我这么形容她,听起来她似乎是个很讨厌的女人,但实际上,遇到她的人没有不被她迷住的。她的魅力来自她温暖的个性,这种温暖又来自她为了孩子以及孩子的孩子们努力工作的爱所产生的能量。她对孩子们并不温柔,如果他们的政治倾向转向左翼,她会嘲笑他们;如果他们吃得不好,她会责骂他们,还会批评他们可能做出的任何愚蠢行为,但要是发生了真正非常严重的事情,比如和外国人结婚或婚外情,对这类事,她要么保持沉默,要么选择不去知道。尽管家人可能会引起她的不耐烦或悲伤,但不会削减她的爱,年轻时,唯一会给她带来悲伤的事就是家人生病或死亡。在她的家里,我们可能会为自己的不端行为感到紧张,但永远也不会因此觉得自己处于危险之中。所以对孩子们来说,这个有意将自己的敏锐和智慧限制在一个狭小空间的专制女人,为我们创造了一种祥和的气氛,即使到了中年,只要回到她所居住的地方,就总能重新感受到。

我曾经吓到她一次。当时我大约十岁,构想了一个关于生活的意象。我觉得人们就像被囚禁在一个漂浮在海面上的碗里。虽然依偎在碗底也可以自满地过着自己的小日子,但碗在海面上旋转、颠簸,有时也会将其中一个人推到一边,看到碗的边缘——四周是混沌危险、冰冷灰色的无尽海水,直到那时人们才察觉,自己一直以来以为的安全之所只是一个小碗而已,令人无法忍受。我认为,这就是疯狂的根源。我为这个想法感到自豪,所以向外婆描述了，看到她的沮丧反应，我感到很不安。她严厉地说，认为生活漫无目的，这一点儿也不聪明，她告诉我要记住当时的威尔士亲王在最近一次童子军聚会上发表的关于崇高目标和理想主义的声明。

我对她这个回应感到失望，因为我觉得她没有理解我想法的含义，但我一直记得这件事，是因为尽管我很失望，但这种不圆满倒也无关紧要。我已经注意到在某些方面我与外婆不同，但我也并没有感到是在背叛，因为她说话时就在那里，穿着不变的装束，梳着美丽的头发，用她亲爱的、善良的眼睛注视着我，眼神中带着我曾以为是玩笑的担忧，以及我从未想过去质疑的爱意。我自己可能更倾向于"碗理论"而不是"威尔士亲王理论"，但很明显外婆相信的也是好的，因为外婆相信。

3

当有人第一次向我指出，外婆的房子并不是"我的"的时候，我非常愤怒。如果外婆去世了，或决定让给舅舅，那房子就是舅舅的，然后会是他儿子的,如果舅舅没有儿子,那就会是他女儿的。但假设舅舅没有孩子——我曾经满怀希望地问(当时他还没结婚)——假设遗产继承遵循君主制建立的模式,那么如果要轮到我来继承,似乎至少要有十二人(其中七个还和我同属一代)必须在我之前死去才行。所以尽管我非常期望能继承外婆的房子,却也实在不觉得自己应该为此祈祷。

这种醒悟好像发生在某个春天的早晨,当时我四仰八叉地躺在后花园的低矮草地上,四周有小羊羔在漫步,还有一丛丛雏菊,我忽然想到,三年后我就要满十三岁了。是什么让这段时间的流逝对我来说忽然变得真切起来,我已经不记得了,但这觉察着实令人震惊,我感到一种恐惧,就好像内心突然变得冰冷空虚。我突然意识到,进入青少年,就意味着要将童年抛在脑后,进入一个不可能之事将要发生的世界。此刻,我忽然能够相信,这个地方将归我舅舅所有,我也能预见到未来某个时候,也许我再也无法像回家一样归来。那我的家会在哪里呢?也许会是如同我和父母、弟弟妹妹一起住过的一些地方,拥有仅能让我们容身的房子和花园,没有任何属于我们的过去岁月的痕迹,四周也没有围绕着可以称之为"我们自己的领土"的地域。当我们从父母在哈福德郡租的房子骑马穿过乡村,不得不征得土地主的许可时,我已经感到一种羞辱了。而谋生这回事,可不是父亲在炫耀时会谈论的事("你总有一天要自己谋生的"),而是我不得不去做的事。我倒并非对前景感到多么震惊,只是害怕罢了。那一定既困难又不愉快,而且,因为在贝克顿的生活对我而言就是生存的规范,所以那肯定是不自然的。

事实上,外婆一直到战争开始时还住在这所房子里,那时我二十二岁,依然可以随时回去。但是,不管是谁让我早早地、痛苦地瞥见真相,他都做了件好事。从那时起,我对贝克顿的爱,就开始慢慢地充满了伤感和怀念,我觉得我必须珍惜它的每个细节,以对抗未来。我还记得自己站在草坪旁那棵高大的山毛榉树下,想用意志力让自己的一部分融入那静止的绿色空气中,为的是在我死后让我的鬼魂能在那里显现。而与此同时,随着我对接下来会发生什么的恐惧逐渐减轻,开始接受世事无常,其他进入我生活的事物就变得更有价值了。那个特别的碗,似乎并不是在灰色的大海上旋转。被推到碗边当然很令人难过,但围绕它的是一片风景,随着这些风景越来越真实,它们也逐渐显得有趣起来。

尽管如此,我对"十三岁"的恐惧仍是具有预言性的,当母亲告诉我,我们已经"没钱了"时,我相信自己应该已经到了这个年纪。真实的情况是,我的父母以超过自身收入的水平生活了太长时间,终于被银行敲打了一下。当时我们住在哈福德郡的房子里,因为我们都不愿意跟随父亲被派驻印度,所以他从军队退役,在市里一家与云母开采有关的公司里找到一份工作。我们把这里的房子称为"小屋",但其实它不仅拥有六间卧室,还有厨师玛格丽特和她的妹妹维奥莱特(尽管不是保姆,却在照看孩子),家庭教师厄休拉,女仆多丽丝,每天都会来的奈特夫人和耳朵听不见的全职园丁盖特伍德。我的父母觉得他们的生活已经非常简朴了,因为我们自己负责照看小马,没有猎犬,也没有沉迷于任何奢侈品。母亲没有皮大衣,也没有珠宝,只有几枚普通的钻石戒指和她父亲作为结婚礼物送她的一串小珍珠。除了雪利酒,家里几乎没有其他饮料,家具倒是有一大堆,却没有一件贵重或漂亮的,还有些是一九一四年到一九一八年战争期间一个姑姥姥管理的疗养院给军官们用的、像病床一样实用的家具。按照我父母的标准，他们都不算奢侈的人，但银行还是说，除非他们遵循某个明确的计划，否则可能就不会再为他们兑现支票了。

我母亲并没有以持久、严肃的态度对待这件事，她是个讲求实际、精力充沛的女人，从不反对为自己做点事儿，而且总有一种贝克顿就在身后支持的舒适感受。然而，她以一种近乎戏剧性的方式向我透露了这个消息，她总是对"最坏的情况"很感兴趣，因此我对此事印象深刻。

"我们真的很穷了吗？"我问。

"是的，亲爱的，恐怕是这样的。"

"维奥莱特必须要离开吗？厄休拉呢？"

"是的，我希望你去上学。"

多丽丝、玛格丽特和奈特夫人也离开了，我们不得不自己铺床，打扫卧室。正如我母亲不久后所说的："贫穷真正的该死之处在于，如果你出门时把东西放在地板上，你很清楚回来时，它肯定还会在那儿。"那时我正在和一个我从九岁就爱上的男孩每学期通两封信，我一定是描述了我们的困境，因为我记得他某封信的开头写着："亲爱的戴安娜，看到你说你们现在很穷,我觉得很遗憾。"就这么略提一笔,并无多言,我被他的这种体贴感动了。

没过多久,贝克顿就来救我们了。我们被告知要离开哈福德郡,搬到庄园农场,这件事对孩子们来说立刻变得非常愉快。我母亲决定搬家可能还有其他原因,但对我们来说,这似乎只是对家庭经济问题的快乐解决方案。我们非常高兴,以至于完全没担心过父亲,他将继续留在伦敦工作,因此除了周末,其他时间都不能住在离伦敦太远的地方。他现在寄宿在一个男人家里,那人曾是他父亲的马车夫,他每天骑自行车去车站,因为我母亲必须要开车。我们隐约觉得这对他来说可能很可怕,但他不在家对我们也是一种解脱。那时我和弟弟已经有了这么一个结论:"妈妈和爸爸都是很好的人,但他们合不来,他们最开始就不该结婚。"这也许是厄休拉或维奥莱特灌输给我们的想法。不过当时他们确实争吵得非常厉害,可以无须留意到这种争吵的迹象,真是一种解脱,就算在周末他们一如既往地争吵,也只会持续两天而已。

我一直很喜欢父亲,他是个很可爱的人,但如果说我对他有过比"喜欢"更温暖的感觉,那应该是在我很小的时候,现在我已经不记得了。他们吵架时,我不自觉地站在妈妈一边。事实上,我经常痛恨母亲发脾气时非理性的怒火,并认为父亲,而非母亲,才是正确的一方,但无论如何,我们三个孩子都从内心深处更同情她。直到很久以后我才明白,他们的问题来自简单而致命的"性生活不和谐"这剂毒药,这一点,父亲在追求母亲的过程中,根本没有感觉到,而母亲则因为太没有经验而缺乏认知。但即使我们这些小孩子,也可以感觉到她易怒的性格底色。

被一个厌恶与其身体接触的人长久地爱慕和渴求,会令人深感愤怒。一个人可能会因为自己的错误或愚蠢而陷入这种境地,但无论表面事实如何,她确实是这种处境的受害者,因为她所受到的冒犯超越了理性层面,直入内心深处。母亲一边认为自己的反应很不道德,一边勇敢而固执地做着父亲的妻子,只是偶尔有一点叛逆。然而,她那被冒犯的本能感受在其他方面还是获得了一些补偿,相比父亲的理性,孩子们与母亲在天性上更加契合。

争吵永远关于琐事。母亲很没有耐心,她讨厌等待,讨厌慢餐,对一切迟到行为都厌恶到歇斯底里的程度；父亲则慢条斯理，不慌不忙，不爱守时。投入时间去做各种事情带给他一种积极的快乐，这一点我也一样。如果逛街时他需要去邮局寄封挂号信，那么他必然会在邮局找个人聊聊天，母亲和我们一起在车里等时也料到他会这么干，于是两分钟内，她就会开始酝酿发作。我并不喜欢她这样准备大发脾气的架势，因为我和父亲一样，觉得时间没什么重要的，但我仍然会对父亲的迟缓感到恼火，甚至鄙视。我和弟弟坐在后座上，会交换一个警告的眼神，然后我们其中一个可能会说："爸爸为什么这么傻呢？总是要干那种会让她发脾气的事儿。"还有一件事，从天性的角度我也是站在父亲一边，但同样也会使我恼火，就是他那一丝不苟的诚实。他是那种坐火车时，如果买的是二等票，但因为拥挤而坐了头等车厢，就一定会去找列车员支付多余车费的人。而母亲身上则有一种"匪气"，不仅总是想方设法占点小便宜，还会故意说些自己小违规的事来激怒父亲。我一方面感到父亲很可敬，另一方面又觉得他荒唐可笑。因为母亲在这些事情上激怒他，其实只是一种表象，她在通过某种可能的出口释放自己紧绷的情绪，所以有一种超越表面琐碎之事的感染力。

除此之外,父亲还不太关注孩子。他对我们倒是挺和蔼可亲,但他并不喜欢孩子气。当他陪我们唱"蝙蝠,蝙蝠,来我帽子下歇歇,我要喂你肉肉吃",或者"博尼是个战士"时,他确实很有趣,我们也很开心。他也会为我们写打油诗,还会为我们写剧本让我们表演,这种时候我们也会觉得父亲很聪明,但这些是他本来就喜欢做的事,可以施展他的才华,发挥他的幽默感。仅仅和孩子们待在一起,观察他们,进入他们的想象世界,对他而言就不是乐趣了,而且他对孩子们也没有身体上的亲密感。如今,我有时看着弟弟带着三个年幼的儿子玩耍,就能深切地回想到父亲身上缺失的是什么。弟弟会将孩子扔来抛去,抚摸他们,闻闻他们,或者站在窗前看他们在花园里玩耍,脸上挂着一种纯粹的快乐带来的无意识微笑。弟弟以一种舒适的、动物般的温暖爱着孩子们,而孩子们的回应就像太阳照耀下的番红花。但这些东西,并不是我父亲的天性。

我的个性大部分继承自父亲,比如平和的性情、超脱的能力,以及对诗歌和荒诞作品的欣赏。作为成年人,我越了解他,就越能清楚地看到他是一个和蔼可亲、正直规矩、聪明机敏的人。但我从未感到和他形成了如同我与母亲那样亲密的关联,那种无论好坏,我与此人都血肉相连的感觉。

因此,在我十三岁时,如此长时间和父亲分开,似乎比住在一起要好,还能住在农场里,简直让我开心坏了。这是一座我们只为快乐而去的房子,我们对这里的一切都非常熟悉,因为小时候父亲在国外时我们就住在这里,在庄园的大部分日子里,我们都是在农场度过的。母亲那代人曾经在外公外婆身边,在这里度过了传奇的假期,这里是贝克顿的一部分,而对孩子们来说,这是最好的一部分,因为这是一块比花园或庭院更丰富、更吸引人的游乐场,有真正的乡村活动。这个地方令我和弟弟第一次来就陷入了"忠诚危机",因为我们似乎不应该爱上任何外公外婆的房子之外的地方,可是……正是当时才六岁的弟弟,向我们揭示了"怀念"之趣。我们住在一间走廊尽头的大卧室里,可以看到农家院落,离家中其他人都很远,因此我们得以在上床后几个小时里毫不担心被大人责罚地尽情聊天、玩耍。有一天晚上,我们探出身子,望着晒完牧草后正在喝水的马匹,这时,一只布谷鸟在远处鸣叫了起来。"你听,"弟弟说,"我觉得心情怪怪的,这声音令我非常想念在庄园的日子。"我倾耳聆听,不久,布谷鸟发出的空荡音符就触动了我的心弦,泪水夺眶而出。过去的所有夏天,不仅仅是我曾度过的那八个夏天,而是历史上无数个漫长的金色夏天,贝克顿庄园的每一个夏天,似乎都在对我们说再见。

几天之后,我们发现自己在庄园听到布谷鸟的叫声时,心中涌起的是和在农场时一样的情感。从那之后,我们就决定这两所房子同属一地,所以我们最喜欢哪里都可以。

庄园和农场相距不到半英里。走出庄园后门,两翼之间的地上铺着碎石子,在夏天,这里会装点上种着倒挂金钟的花盆。往下走过马厩,穿过后面的果园,以及围绕着厨房花园的林木的一角,再经过三棵山毛榉树(每个人都曾经在这些树上刻上过自己名字的首字母缩写,位置最高的那些字母已经起了泡,有些模糊了,而最低处的,也就是我和弟弟的名字缩写,还很清晰,露出了木屑的本色),从那里开始,一条小径沿着后花园的尽头延伸,旁边是我外曾祖父种下的一排白柳(这些树从来没有被用来制作过板球拍,在上次战争期间因为没人制作板球拍，这些柳树已经长过了自己的鼎盛期），在这里，一条小溪绕过一个小堰，形成一个湖的起点。再从这里走上宽阔的步行桥，停下来往水里扔扔树枝，或盯着水面看一会儿，就来到了草甸，这是一片泥泞的草地，上面纵横交错的小沟渠里长满了沼泽金盏花和知更草。小路到了这里，因为横穿的排水沟上铺的木板而稍稍抬高，但木板大部分都垮塌了，孩子们非常清楚这一点，所以即便在黑暗里，也能分辨出哪里需要大步走，哪里需要向左迈一步，或者在哪块特别窄的木板上要小心保持平衡。在草甸的另一端，小路急剧上升，那里有一扇小木门通往农场的果园，顶端则是房子庄严的荷兰山墙，沿着白色的墙壁弯弯曲曲，有一部分掩映在环绕后院的山毛榉树丛中。向左边延伸着一些工作建筑，当时不归住在房子里的人管，但确实是属于农场的领土。这座房子即将成为我成长的背景（我们在那里住了大约十二年，几乎不付租金），但我们对它的爱已经建立起来了，这些爱植根于我们从小就熟知的无数细节之中。

老鼠屎、在蜘蛛网上颤抖的燕麦壳、成堆的旧麻袋——要是现在，阁楼散发的霉味一定会让我望而却步。我需要弯下身子,避开从房梁上垂下来的、会缠到头发上的丝丝缕缕的灰色碎布条,同时小心翼翼地迈着步子,以免被废弃机器的尖利部位划伤。不过,当我们还是孩子的时候,我们会沿着搭着老旧、开裂马具的房梁攀爬到阁楼尽头,然后跳到阁楼尽头靠近斜槽的干草堆里,干草就是通过那个斜槽滑到马厩的。我们一落到干草堆上,就会扬起一团微尘,它们会在空中飘浮好几分钟才落下("千万不许跳进干草堆里,里面可能埋着割草刀或干草叉。有一次,一个小男孩跳进了干草堆,结果被切成了两半")。我脑海中农场建筑物的画面,是由阁楼窗户框起来的,窗户上方有个滑轮,麻袋就是被吊到那里的。小时候,我和弟弟就蹲在这里,像猫一样安静,无人察觉,看着牛奶工穿过院子给小牛犊提去一桶桶撇过奶油的牛奶,看着马夫牵出两匹黄油球一样光滑滚圆的萨福克驮马[1],然后解开缰绳,在它们屁股上拍一巴掌,马儿们就到水槽边将鼻孔埋进满是浮渣的水里,没完没了地喝水,之后又在院子里悠闲地溜达,直到马夫大声叫嚷,才慢吞吞地

---

[1] 一种原产于英国的重要挽马。

走进马厩,各归各位。它们分别叫托里、王子、上尉、贝丝等等。如果托里死了,接替它位置的马也会被命名为"托里",但新马的性格经常截然不同,我觉得还是应该换个名字。

谷仓也有一股尘土的味道,但和阁楼的味道又不太一样。小麦、燕麦、大麦,有时还有豆类,全都堆得像沙丘一般,当你把手插进去或在里面划过时,这些谷物会发出不同的声音——但这么做是不被允许的,因为会把谷物弄散。马厩、牛棚,以及养着不同年龄段动物们的各种院子,都有属于自己的气味,而这些气味,不管多臭,都不会令我们讨厌。成年人看到孩子们在农场里跑来跑去,一定会觉得他们的行动非常神秘,就像动物一样。他们到底为什么决定坐在某堵墙上,严肃地盯着某只猪大约十分钟,又跳下来跑进谷仓,爬到一堆甜菜上面?就仿佛鸟儿在树和篱笆间飞来飞去。但我记得,每一栋建筑、每一项活动、一天中的每一个时刻都自有其价值和意义,我们从一个地方到另一个地方,就像大人们决定顺道去参观画廊,或去商店买面包一样自然。

比如,"去看公牛"并不是我们随机的突发奇想,而是一种公认的消遣活动。公牛本身就是一道奇观。我们顺着它的散放圈那结实的木栅栏爬了上去,用胳膊肘撑在隔板上盯着它,它也回望着我们。它或许非常平静(我们的牛通常都很平静),但你可别被它那个样子骗了,有人说,在它那蜷曲的额头和小眼睛背后隐藏着暴力,当它在稻草边换脚,或从鼻孔里喷气的时候,似乎也充满了威胁的阴影。如果我们正看着它时,公牛忽然撒尿,或红色的阴茎从鞘中伸了出来,那绝对就是个大事件。公牛是性和暴力的化身,我们都对它非常敬畏。

在农场工作的人们既耐心又善良。放牛人通常非常忙,不能被称为有趣的伙伴,但马夫有的是时间和我们说话,当他们把"队伍"拉到田野时,会让我们一起骑在宽阔的马背上或坐在装着货物的马车上(我还记得那起伏和摇摆的感觉,有时旁边的树枝横扫过来,我们就必须紧紧趴在货物上)。我们最喜欢的是牧羊人,他经常一个人待在偏远的牧场上,如果遇到产羔季节,他就住在一间带轮子的小屋里,他很喜欢聊天,还会主持一年中最有趣的各种仪式,比如产羔、药浴和剪毛等。他的狗非常警觉,除了主人和自己的工作之外,对什么都不关心,所以如果有人跟它们说话时它们摇了摇尾巴,那人一定会觉得受宠若惊。像所有牧羊人一样,我们的牧羊人也认识每一头羊,这真是一种神奇的能力。

我八岁时,有个叫杰克·格雷的男孩和牧羊人一起工作了一段时间。他大约只有十五岁,但对我和弟弟来说,已经是个大人了。他的父亲是伐木工人,出身于吉卜赛人家族,所以杰克也有着吉卜赛人的天赋,比如会发出让兔子误认为是同类的声音,会偷猎,任何树都爬得上去,对鸟兽也了如指掌。我们很羡慕也很钦佩他能在户外度过这么多时光,同时对他实事求是的态度也印象深刻——他跟我们说,如果我们也像他这样工作,就不会如想象中那样喜欢这种生活了。我们还掏鸟蛋,但必须遵循严格的规则,即如果鸟巢里蛋的数量少于四个,就什么都不能带走,而且不许惊吓到鸟妈妈和鸟爸爸,以免它们弃巢。杰克爬树爬得比我们高,经常对规则置之不理(这对只生了两三个蛋的鸟就很不利了),我们收藏的珍宝,那些松鸦蛋、苍鹭蛋、雀鹰蛋,全都是他掏来的。一有机会,我们就和他一起玩,他也平等地对待我们,不把我们当孩子看。但后来,他开枪打伤了醉醺醺回家还威胁他的父亲,虽然辩称是自卫,但还是被送进了监狱。过了很久,我十八九岁的时候,有一次在一个旱冰场溜冰(那时我和朋友们都非常热衷于滑旱冰),那个管理员是个油头粉面又有点邋遢的男生,头发抹得油亮,穿着浮夸的格子西装,跪在我面前给我系鞋带。他没有抬头,我低头看着那低垂脑袋上像带子般一缕缕的头发,然后听到了自己的声音,真的就这样"听到了自己的声音",我并没有意识到自己认出了他,也没有意识到自己在说什么,我只是听到自己的声音在说:"杰克·格雷。"他抬起头来说:"你好,戴娜小姐[1]。"在道完"你好吗"和"好久不见"之后,我们都有点不知所措。我们童年那种亲密无间关系的确切情形,除了飞禽走兽之外我们还谈过什么,我已经不记得了,但我清楚地意识到,我和这个如今看起来有点可疑的男人之间那若有若无的友谊。我们彼此害羞地微笑着,当我离开溜冰场时,内心有些震动和沮丧。也许杰克在还是个孩子时,之所以那么友好地欢迎更小的孩子们的陪伴,是因为在他的生活中,已经有些事情需要他刻意去逃避。我

---

[1] 原文为 Dinah,可看作 "Diana"(戴安娜)的昵称。

真心希望他知道我们曾经有多爱他,多钦佩他。

孩子们与家庭雇员之间建立的友谊,在我们看来就像是平等的友谊。如果一个放牛人或我外婆的园丁长抓到我们恶作剧,跟我们说"我要告诉你外婆",这对我们而言也不过是说说而已:真正有威慑力的不是这话里的威胁意味,而是说话者的怒气。我们从来没有想过,即使园丁发现我们偷吃了他心爱的葡萄,也不会真的打我们;我们也没有注意到,尽管我们和杰克·格雷关系亲密,他也从来没有邀请过我们去他家,我们也不邀请他来我们家。一段自然的关系是很可能的,是因为定义这种关系的界线已经被时间和习惯深深地刻在我们心里,彼此都没想过要提出质疑,但这些界线所划定的区域其实非常狭窄。当我们"最后一次"回到农场时,我已经十几岁,不再是个孩子了。当然,我依然认识农场里所有的人,但不知不觉间,我已经走出了和他们共享友谊的半径。

我们到农场的头一年仍然很穷,没有佣人,只有一个女人常来帮我们擦擦洗洗,还有一个女人来帮我们做午饭。安顿下来后不久,我就被派到后院去拿晚餐要吃的冷肉。这些肉被保存在一个打了孔的马口铁制的肉类冷藏柜里，挂在墙上一处阴凉的地方。我打开冷藏柜，拿出盘子，看到架子上空空如也。自从被母亲告知我们很穷之后，我第一次感到害怕，担心一旦吃完了肉，我们的储藏室里就什么都没有了。之前在庄园时，储藏室是一个 L 形的房间，地面用砖砌成，宽石板搭成的货架上放着一坛坛咸蛋，一锅锅正等着撇奶油的牛奶，一罐罐蛋糕、饼干和面包，好多块肉，至少会有一条火腿、成串香肠，还有成磅的黄油，好几大块奶酪，好多碗猪油，成瓶的水果，好几石罐醋栗果——就算这座房子突然与外界切断了联系，也足以维持好几天的生活。不管家里的早餐是吐司配腰子，鱼蛋烩饭，还是培根配蘑菇，每个人都会有一个煮鸡蛋。一屋子人加起来可能有十六个左右，但有时谁都不吃煮鸡蛋（它们到底被怎么处理了呢？）。在哈福德郡的家里时，尽管规模没这么大，但除了正在吃的东西之外，总还有些剩余的以及很快要吃的食物，也就是说，储藏室里的东西总能续得上。而此刻，我就站在空荡荡的肉柜前，告诉自己这样害怕也太愚蠢了，妈妈明天就会去买更多食物的，只是就在那一刻，贫穷变成了现实。不过，食物确实又重新出现在架子上了（当母亲恢复了镇定，就像以前一样开心地囤起了东西），我很快得出结论，我们家并不真的贫穷。我其实依然离现实很远，几乎没有机会瞥它一眼，只是在后院那一刻，我感受到了空荡荡的架子是什么样子，并明白这是很可能发生的。要说那一刻让我开始思考可能有点夸张，但或许确实让我开始有了一种分寸感。

我母亲和外婆一样，对孩子非常宽厚。我从来没听她说起过，但她一定早已下定决心，至少不让孩子们苦于这个家庭陷入的经济困境，直到现在，我才明白她当时在家里干了多少自己从来不熟悉的工作。她对我（我妹妹比我小五岁）的唯一期望是，我可以早上帮她铺床和打扫卧室，晚餐后洗碗，有时做做饭。我们的晚饭几乎总是炒鸡蛋，因为她不会其他做法，也没法教我。家务活通常很简单粗糙，这对孩子们来说倒是非常愉快，对其他人来说也没那么可怕，但就算这样，对母亲来说也一定非常沉重。她不介意那些本应闪闪发光的东西黯然，也不介意"干净"的尘土，比如泥土、草籽、撒落的狗饼干屑等。只要每个足以放得下花瓶的平面上都能随意地摆放一瓶鲜花，她就会觉得客厅很漂亮——确实很漂亮，而且气味也很好闻，与其说是房间，不如说像花园。况且，由于大部分不整齐都是因为那些散落在椅子扶手、脚凳和临时茶几上的书本，所以待在这里也确实非常令人愉快。

在这所房子里，没有摆鲜花的地方就一定堆满了书，说起来，这应该是这个家庭男性前辈们的功劳。他们理所当然地认为，绅士就应该拥有像样的藏书室，所以我外公的藏书室就相当像样。而且，我外婆的父亲曾是牛津大学一所学院的院长，这就意味着，不论他的后代学识如何浅薄，至少他们都很尊重学识，他们可能读书不多（事实上，他们中大部分还是会读的），但会认为，房子里没有书就是不文明。在庄园里，不仅藏书室里有满墙的书，晨间屋和我外公的吸烟室也是如此，甚至楼上有一整条过道都摆满了书架，上面放着比较通俗的书籍（这个处于昏暗光线里的书架曾让我非常开心，因为从中可能会翻出一本兽医外科手术手册甚至是《红花侠》[1]这种书）。婴儿室里也有几个几乎高达天花板的书架，虽然年幼的孩子们不被允许在浴室、厕所

---

[1] 原书名为 *The Scarlet Pimpernel*，是 1905 年英国女作家艾玛·奥希兹（Emma Orczy）创作的冒险传奇类小说。

或床上读书，但就算读了，大家也会心照不宣。

我们阅读的内容主要有两个方向，外公一直对历史感兴趣，包括母亲在内的大多数家庭成员都继承了他的品位。很长一段时间，吉本的《罗马帝国衰亡史》都是母亲的枕边书，霍勒斯·沃波尔、塞维涅夫人和德莱尼夫人[1]就像她的老朋友一样。另一方面，一位特别受人爱戴的姑姑，还有我父亲，最喜欢富有想象力的作品和诗歌。母亲对那些"不真实"的书则比较没有耐心。她坚持说自己非常讨厌诗歌，说诗里堆砌的都是言之无物的词句，也不愿意去看莎士比亚的戏剧。父亲则醉心于莎士比亚的作品，还经常读一些诗人的作品。第二次世界大战期间，他开心地回到军队，被派去国外服役，突然决定要阅读德莱顿[2]的作品，还写信回家索要德莱顿作品全集。

在成年人认为读书理所当然的环境中，孩子们

---

[1] 霍勒斯·沃波尔（Horace Walpole），英国作家、鉴赏家和收藏家；塞维涅夫人（Madame de Sévigné），法国作家，以书信写作闻名，她的信件生动描绘了当时法国的社会生活和人物百态，受到沃波尔的推崇；德莱尼夫人（Mrs Delany）英国一位社交名媛和艺术家，与沃波尔相识。
[2] 约翰·德莱顿（John Dryden），英国古典主义时期重要的诗人、剧作家、文学批评家。1668年被封为"桂冠诗人"。

自然也会这样做。我们的生日和圣诞礼物中,大约百分之八十都是书,所以想要不成为一个痴迷的读者几乎是不可能的。我很早就对读书产生了强烈的渴望,主要追随的是父亲而不是母亲的喜好。几乎在记事之初,我就已经会偷偷地把手电筒带上床,在被子搭成的帐篷里狼吞虎咽地读书了。我一直不明白他们是怎么发现我的,噔、噔、噔,走廊上传来脚步声,我把书和手电筒塞在枕头下,紧紧闭上眼睛,但灯光一亮,"他们"看着毯子下身体僵硬、故作无辜的我,责备道:"怎么还在读书!"

有时候他们会说"你一定是跳着读的",或者"如果你一次读那么多本,读那么快,你肯定记不住",但我从来不跳着读,而且只要能读懂的我都记得,就算读不懂也不妨碍我读。十二岁之前,我已经读完了外公那些漂亮的犊皮纸装帧书里大部分梅瑞狄斯[1]的作品,尽管对我来说,书中那些文字有点太晦涩难懂,但并没有令我却步。关于这些书的记忆,原本都淹没在时间的大海里了,直到几年之后,我拿起一本《利己主义者》,以为是第一次读,没想

---

[1] 乔治·梅瑞狄斯(George Meredith),英国维多利亚时代诗人、小说家,《利己主义者》(*The Egoist*)是他的代表作小说。

到读着读着才发现,我早就在晨间屋靠窗的座位上读过了,确实很多地方似乎都很陌生,但我不时会读到一个"画面感很强"的段落,比如看到克拉拉戴着粉色丝带,找到那个在樱桃树下沉睡的年轻人,我忽然觉得,我之前来过这里,看到过这个场景。逐渐地,整个画面都浮现了出来:那靠窗座位下暖气片散发出的微微暖意,坐垫上的绿色锦缎,平滑的书封以及厚厚的、略带毛边的手工纸,还有外婆走进来,对我说:"亲爱的,你真的喜欢梅瑞狄斯的书吗?对你来说,那本书太深奥了吧。"

男孩子们,真是些可怜的家伙!他们在八岁左右就被部分放逐出我们的世界,送到预备学校去了,女孩们则可以待在家里,由家庭女教师授课。我们搬到农场时,已经经历过七个家庭教师了。最早是那种"育儿保姆式的家庭女教师",同时照顾我和小我两岁的弟弟,后来弟弟被送去上学了,我就接着与表姐妹或邻居的女儿们共用那些资质更佳的女教师了。与小马、山羊、狗、小溪、树屋、偷水果和写诗相比,上课简直就是苦差事。我想,正是这一点让我产生了一种根深蒂固的想法,那就是工作是快乐的对立面。我曾试图说服自己不要这样想,但都是徒劳。哪怕在过去的二十年间,总体而言我还挺喜欢工作的,但一离开办公室,我还是有一种重返生活之感。

其中有个家庭女教师是被解雇的,因为她恐吓我们,不过很快我们便庆幸地将她抛到脑后了。其余几个则是慢慢地、自然地从我的记忆里消失了,因为她们对我们来说没什么特别的意义。但有些记忆碎片仍然存在,比如一个早期的家庭教师长着一张和善的马脸,很容易上当受骗。有一次,当我把她气到忍无可忍的地步,她只好走出房间去平复心情时,我探出窗外,从墙上摘了一朵大大的、粉红色的玫瑰花,放在她摊开的书本上。当她回到桌旁,我的眼睛里肯定充满了算计,但她什么也没注意到,立刻爱上了这朵花,她那傻乎乎的心被孩子们迷人的举动给融化了,让我体会到一种美妙的掌控感。

关于法国女教师的记忆则保留得比较多,那是因为我们对她太残忍了,我们那时才意识到,孩子们也可能对成年人很残酷。她可怜的双手因为冻疮而紫胀,虚弱地坐在那里,听我们向她保证,说英国人吃煮鸡蛋的时候要把蜂蜜、芥末、阿华田和一撮鸟食搅在一起,这是一种习俗(为了证明我们的观点，我们连续几个早晨都这样做）。后来她进行了反击，逼我妹妹——这个家里最小的小宝贝，严格意义上目前还不在她管辖范围内的孩子——吃掉炸肉排上的所有肥肉。当时，我和弟弟常常想不起这个妹妹，但她这次表现得非常出色，立刻在餐桌上吐了起来，于是，我和弟弟团结起来一起叫喊："她是个可怜的小姑娘，你对她太坏了。"然后我们就窜到灌木丛，跑得更远了，一整天都在外面游荡玩耍，料到女教师最远只敢走到草坪和花园。当天晚上我们回家后，心里明白自己非常淘气，但母亲用了另一个词——"你们太不善良了，"她说，"怎么可以对可怜的女教师这么残忍呢？"这件事在我的良心上留下了一丝不安的痕迹，后来上中学时，我对学校里那些更迟钝、更平庸的女老师做的可怕事情就比别人少了一些。

只有一位家庭教师在我心里的形象是完整的，那就是厄休拉，她是我们最后一位家庭教师，和我们一起待了五年。她那又宽又红的脸庞和薄薄的、软软的头发预示着她身体不太好，但她拥有的常识和充满感情的心很快就收服了我们。她喜欢狗，能像妈妈一样在围场里困住一头不听话的小马，还会讲些我们觉得有趣的笑话,而且,她内心也认可,体验真实的生活比上课更好。她用一套令人愉快的教学方法(我相信现在依然适用)教我、我的一个表妹,以及住在附近的两个女孩,按照这套方法,不管什么科目,我们每次上课持续学习的时间都不超过二十五分钟,以免孩子们脑力疲劳。课程通常包括先观看拉斐尔前派画作的模糊复制品,然后再描述它们。我非常擅长这个,从那时起就喜欢上了鸢尾花和百合花。如果教学大纲里的某些部分显得枯燥乏味,比如"公民素养"那部分,出现在某本单调蓝色封面、小标题用笨拙粗体字印刷的书里,厄休拉就会把这一课略去,变成我们写一篇诸如名为《我最尽兴的狩猎日》之类的作文代替。不过,她在培养良好的判断力和得体的礼貌方面非常严格,这对我们的成长很有益处。

当缺乏同情心的银行最终逼得我必须去上学时(难道学校的学费真的比家庭教师便宜吗?还是我当时已经傲慢到令大人们觉得我需要去上学了?),女校长告诉我母亲,她以前从没遇到过像我这么基础薄弱的姑娘。我真为厄休拉感到愤慨,但这也很可能是事实。因为我们喜欢的东西她都喜欢,我们不喜欢的她都跳过了。她肯定说过我很聪明，因为那时候大家就都知道我将来是要去牛津读书的，但是，除了我对阅读的渴望和写"作文"的本事之外，是什么让厄休拉得出这样的判断，我现在都很难理解。我不记得当时除了骑马和性事以外，我还把心思用在了别的什么事情上。

4

我父母在养育孩子方面的想法（或者说我母亲的想法，因为父亲对此不太感兴趣，把这活儿基本全权交给了她），比家里其他人稍微进步一些。性这个话题对他们来说不怎么令人愉快，但我相信，如果我们提问，母亲会给出诚实的回答，但她一定会感到尴尬，我们也知道这一点，所以都没有问过。除了月经，我不记得她告诉过我什么别的相关事情。当然，说起月经，她也并没有将它和棘手的生孩子之类的话题联系在一起，只说那是发生在女人身上的一件无聊事，但所幸没什么伤害。她不跟我们讲"悄悄话"，也不给我们读什么儿童卫生手册，只是让我们和许多动物随便玩耍，而且从不禁止我们读任何书籍，无论其内容多么"成人"。她相信，有了这种自由，我们很快就会了解关于性的一切，随后自然会形成一种健康的态度——用她的话来说，所谓"健康"，就意味着把它抛到脑后。基于同样的原则，我长大以后，她从不对我进行强制"监护"，而是允许我不受约束地和年轻男士们往来，希望她的信任能催生我可靠的品行。她很清楚，二十世纪二十年代的风气已经愈发自由，她也开始意识到，自己的成长经历刻板得近乎有些荒谬，她也正处于一个摆脱约束的历史阶段，这时的人们普遍相信举止不同并不必然意味着道德感的差别，这真是个令人感动的历史阶段啊。"你知道我信任你。"她有时会紧张地这么说。她的这种态度，我一直很感激，一方面是因为她宽宏大量，另一方面则是因为其后果与她预期的截然不同。

要弄懂这些，只靠动物的帮助可不够。在八岁或十岁时，你可以知道所有有关母狗发情、公牛如何骑在母牛身上这类事，但并不会把这些和人类联系到一起。我是从手里偶然翻开的一本书里，发现了这件奇怪的、几乎不可思议的事实——人也会做动物会做的这些事——这个事实就像石头一样坚不可摧。我想，不管母亲的政策是什么，可能都不希望我们偶然看到玛丽·斯托普斯写的《有计划地成为父母》这本书，它又小又黑，被塞在一个底层书架很靠后的位置，但我十一岁时，还是偶然看到了。我们的父母真的会像书名建议的那样，仔细研读如何有条不紊地抚育我们吗？记忆里，我就带着这么一种略带嘲讽的玩笑心情将这本书抽了出来。

书里对性行为这件事有图示，还有清晰的描述，这无意中找到的答案让我既惊讶又激动。刚开始，我在兴奋的同时又感到沮丧，因为我曾见过那些笨拙、气喘吁吁、上下起伏的动物——难道人类也会这么没有尊严吗？但我在一两天内就克服了这种心情，并很快就借用斯托普斯博士那恭敬的语气，向我当时最亲密的朋友贝蒂解释说，我们之所以觉得丑陋，只是因为我们还没有丈夫，只要是和爱的人做这件事，就一定很美好。天哪，那可是整整一个星期啊！那年夏天，我在哈福德郡的家里住了一个星期，我还记得自己匆匆越过我家牧场和贝蒂家房子周围公园之间的栅栏，脑中充满了各种信息，简直就快要爆炸了，甚至迫不及待地把我的棉布连衣裙从缠着它的荆棘上直接扯了下来。首先是这个巨大的发现,将相关内容阅读再阅读,以消化这件事的基本原则;然后是迷人的细节(比如把毛巾放在臀部下面以保持床单干净,这倒是个好主意,多年以后,我"第一次"时就带着毛巾上了床,令我的第一个爱人觉得十分好笑);紧接着是复杂的关注点转移,这行为如同信仰一般,让我将令人沮丧的事变成了一种渴望。

按照我母亲并不坚定的理论,后面应该是这样发展的:我和贝蒂对性完全了解以后,就会将其束之高阁,重新回到一心只想着动物、游戏和功课的状态,等待时机自然成熟。但情况正好相反,我们都沉醉于刚发现的这个显然是生活中最令人兴奋的事情之中,从我第一次读到这本书开始,我们就极少再想到或谈到其他话题了,直到几年后贝蒂的母亲发现了一封我写给她女儿的信,于是以我是个思想肮脏的小女孩为由,禁止我们继续保持友谊。但这件事很不公平,我确实比贝蒂接触到了更多信息,但她对这些信息的兴趣绝不亚于我。当然这件事也很丢脸,但我相信,母亲之所以不愿意帮助我们了解性,更多是出于害羞,而不是本质上对性的古板态度。我这么想的依据之一,是她以一种实事求是的态度安慰我,说她并不对我们讨论这些事感到惊讶,她没有像我暗自以为的那样,把我看作一个怪物。

玛丽·斯托普斯教我了解事实,而匿名的英国民谣作家则证实了我的信念,即性就是快乐。在我获得启蒙之后的那个春天,我们像往常一样去贝克顿住。一般而言,外婆从不允许自己之外的任何人清扫外公的书,每年春天,她都会用丝巾系住头发,花上好几周的时间整理书架——先用掸子刷刷刷地轻拂一遍,再用按照古籍修复师的配方调制的某种油膏,快速擦拭那些原本就闪闪发光的书皮。一天,她正在打扫吸烟室,跪在地板上的一堆书中间,而我则懒洋洋地躺在沙发上。"那些是什么?"我漫不经心地问,手伸向六本摞在一起的可爱的象牙色书籍中最上面的一本,这些书的书脊上,"民谣集"三个字闪闪发光。我沾沾自喜地问了这个问题,因为我知道,民谣通常是我的同龄人最喜欢的那类诗歌,但我其实觉得它们枯燥乏味,反而更喜欢伊丽莎白时代的奇思怪想或十八世纪的优雅("爱神和康帕

斯一起打牌 / 赌接吻"[1]就是我最喜欢的诗歌之一），
"你不会喜欢的，"外婆快速回答，然后又自言自语
地加了一句，"真讨厌，不知道是从哪里跑出来的。"
（她心里一定在想："男人！"）

我立刻上了心，把这本书放回原处，然后谈起
别的事来。当天晚上，我偷偷溜下楼，随便从这摞
书中间拿了一本，带回了卧室。

我读到的第一首诗很长，也很枯燥，但讲的是
阉割魔鬼，所以有些关于人体结构的段落。其他的
诗歌就更激动人心了，整本诗集就是一场粗俗下流
的狂欢，充斥着屎尿屁和性爱，呈现出一种狂笑、
挑逗和淘气的氛围。我在狂热中读完了整整四卷，
将它们藏在内衣抽屉里。可是，在某些方面，孩子
们和大人一样轻信，所以我完全没料到会被大人们
发现——他们当然会发现。奇怪的是，考虑到孩子
们极少自己叠放衣物，大人们居然没有更早发现。
谁也没说什么，我想，他们觉得应该淡化而不是夸
大这件事，但当我去拿第五卷时，却发现整套书都
不见了。我产生了一种强烈的失落感，我敢肯定，

---

[1] 选自英国诗人约翰·黎里（John Lyly）的诗歌《爱神和康帕斯》（"Cupid and My Campaspe"）。

一个酒鬼发现自己私藏的威士忌被别人拿走了时，就和我此刻的感觉差不多。

这些诗给我带来了生理上的兴奋，这是《有计划地成为父母》没有做到的。我脸色潮红，身子扭来扭去，贪婪地来回寻找最有性冲击力的段落，读这些书时的我看起来一定很不令人愉快吧。如果我现在发现一个小女孩读书时呈现出这副模样，一定会冲动地上前阻止她。但回想起来，我也没觉得这么做对我产生了什么坏处。贝蒂的母亲认为我"思想肮脏"，确实如此吧，因为我偷偷地干着这些自己也觉得不对的事儿。可是，说青少年"思想肮脏"又是什么意思？在父母从未强迫孩子往这方面去想的家庭里，"肮脏的思想"又从何而来？

无论成年人的理性方针是什么，他们行为的细微之处还是会暴露自己对事物的反应，而孩子们总能准确无误地捕捉到这些细微之处。比如忽然沉默的禁忌感，以及与排泄有关的经历也会产生影响，如尿床的"肮脏小女孩"，或仅仅是成人（或孩子自己）对有异味的夜壶流露出的厌恶表情，以上种种，都给人的隐私部位附着了污秽的想法。除此之外，还有一种东西，无论人们的态度多么"健康"，也肯定无法回避，那就是，性是一种行为活动。一旦了解，还想将它雪藏，可没有那么简单。一旦了解了性（除非被故意抹黑过），人们就会想去实践。然而，按照社会习俗及道德观念，孩子们还太年轻，不适合那样做，这就必然导致一段紧张和受挫的时期。"思想肮脏"就是一种，或者说其中一种缓解紧张的方式，这有什么可怕的？我曾经认识一位女士，把在教室里看到裸体画发出的笑声称为"不得体的笑声"，这种笑声的确并不迷人，但比起十来岁的孩子们生出不合法的小宝宝，笑一笑可以算是非常无害的替代品。我并不喜欢自己读那些民谣时的画面，但也不希望它从来没有存在过。

也许那些通过手淫来宣泄的孩子想到"性"的次数会比我要少。如果我还知道有这回事，我一定会沉溺其中的。只是我不知道，也没有很强的实践倾向，所以我也没有摸索出这种方式。但我依然怀疑就算如此，又会有什么不同？虽然我碰巧很早熟，但也注定要经历这样一个痴迷的阶段，由于父母的态度没有极端神经质，因此我也不太可能受到伤害。我现在相信，人一旦熬过了青春期的挣扎，对性的感受很大程度上就会取决于其他因素，而非他所接受的"性教育"，例如，取决于想象力、诚实、温柔，以及对别人的共情能力——这些才是真正该让人操心的事，而不是小孩子满怀激情地在字典里查找粗话或从钥匙孔里偷窥这类小小的调皮行为。

虽然对性的痴迷贯穿了我的整个青少年时期，但它被我封闭在了一个密闭的空间，并没有蔓延，或者说几乎没有蔓延到我和男孩子的关系中。从九岁到十五岁，我正好处于这种热情的早期，却因为我爱上了一个合适的同龄男孩而受到了保护，他善良、温柔、勇敢、诚实、可靠，是我生命里最理性的爱。在我的白日梦里，他和我会在可怕的危险中互相拯救，然后融化在无尽的亲吻中，但在现实生活里，哪怕他亲一下我的脸颊，我也会大吃一惊，因为这根本无法想象。而他最接近表达爱意的方式，就是告诉他母亲，我做游戏时非常玩得起。只有一次，我们之间出现了一丝真正的"性"的感觉。那是一个狂乱的下午，他从一个干草堆上滑下来，气喘吁吁地来到我身边。"他看上去红扑扑又黏糊糊的。"我这么想着，以为自己会感到厌恶，但突然之间，我涌出一种强烈的愿望，想要把他那滚烫的脸颊贴到我的脸颊上。我意识到发生了什么,"原来如此,"我惊讶地想,"原来是这种感觉!"因为这次经历,我觉得自己长大了,成熟又神秘。但这件事,我在和贝蒂的那些倒霉的通信里并没有提及。

5

"晚上好……哦,天哪,你是保罗的女朋友!"

"玛姬,你还认得我!"

"认得你?我当然认得你。"

玛姬吻了我一下,然后一把抓住我的胳膊,看上去好像就要哭出来了,而我站在那里,有一种奇怪的眩晕感。距离上次走进阿普尔顿的北斗酒吧这道窄窄的小门,已经二十多年了。阿普尔顿是个小村庄,距离牛津大约十英里,我和玛姬也差不多有二十年没见过面了。

我是偶然回到这里的。因为一位多年不见的牛津朋友带着家人回英国度假,就租住在阿普尔顿村,他邀请我来这儿待一个周末。这个朋友非常了解我,还记得这里曾经是"我的"村子,尽管我见到他的时候,已经不愿意再来这里了——因为这里是我常和保罗一起来的地方。令我沮丧的是,朋友兴致勃勃,因为如今已经时过境迁,他得以陪我沿着这两百码的乡间小路漫步,走入我那段意义非凡的过往之地。他就喜欢做这种事——他热衷于充满虔诚意味的故地重游,喜欢温柔又略带伤感地唤起年少时的情感。我已经很长时间没有想到玛姬他们了,而对于朋友这种多愁善感的好意,我竟产生如此强烈的反感,这让我自己都感到震惊。在我看来,这就像粗暴无礼地闯入一件与他毫无关系的事,要不是因为拒绝会显得比这次拜访更加感情用事,我真的会不顾失礼而一口回绝了。

玛姬看起来还是老样子——或许不过是喝了一晚上健力士黑啤酒后的某个"糟糕日子"的模样,只不过现在不是宿醉,而是这二十年的岁月让她变成了这副模样。当我看到她也同样不知该说什么好时,一时之间几乎无法忍受。我花了这么长时间,将一切收拾妥当,过去种种都仿佛被存放在了玻璃门背后,尽管依然能看到,但终于可以不再有情绪上的感知了。可是如今,我站在酒吧里,玛姬的手搭上我的胳膊:"哦,天哪,你是保罗的女朋友!"当然,我曾经是。但最终,直至那决定性的终点,以及永永远远,我都不再是了。随后,我眼前的景象变得模糊、扭曲,令人头晕目眩。

早在我们去玛姬那儿之前,保罗和我就开始交往了。我十五岁那年,父母决定在假期里为我的弟弟请一位补课老师,为他准备公立学校的入学考试开个小灶。这份工作先是交给了他们一位朋友家的儿子,在牛津读书,但他因故没能接受,于是推荐了另一个同学,他同学正因囊中羞涩想找个办法赚点钱。当时,我正觉得那个认为我"玩得起"的男孩那种纯粹而不求回报的"爱情"太过平静,已经不符合我的口味,所以就提前陷入了爱恋之中,先是爱上了父母朋友的儿子,后来得知保罗要代替他来时,又爱上了保罗。当然,如果保罗出现时,我发现他长得丑或害羞或是待人冷淡,我也可能会再次失恋,但幸好他并不是这样。于是在两天之内,我的人生轨迹就被划定了。

我给一个朋友写信说:"补课老师已经到了,他真的非常完美。棕色的眼睛,金色的头发,我本以为他会更高一点,不过他肩膀很宽,身材也很好,还兼具乡村的质朴与伦敦的时髦气质。他在任何场合都很自在。他很有趣,读过很多书,但一点也不卖弄高雅。昨天,我们一起乘船逆流而上,穿过树林后面那片纵横交错的区域,仿佛置身于亚马孙河,他还编出了一个关于我们是谁、正在干什么的故事。他比我认识的任何人都更了解鸟类,而且舞跳得也好。"

保罗基本上就是我如上所描述的样子。因为我自己就是白皮肤,所以我通常很少被皮肤白皙的人吸引,尽管保罗的头发在夏天时会被晒成几缕金色,像用过氧化氢漂染过一样,但他的肤色是拉丁人种的天然肤色,哑光感的皮肤,一双雪利酒般的褐色眼睛,与他紧凑的、仿佛精雕细琢过的五官相得益彰。他通情达理、反应敏捷,但并不能称得上聪明;他性格随和,意气风发,但也不能称得上诙谐风趣——只是当时的我还看不出这其中的差别。他很有自信,也很有魅力,在一些更有阅历的朋友或更清醒的年轻人眼里,他是有些行为不端的,因为他总是缺钱花,而且会和任何愿意与他亲近的女人谈情说爱,哪怕对方可能是朋友的妻子或女儿。

他首要的品质,也是最打动我的一点,就是"在任何场合都很自在",这也是我最喜欢他的部分,这部分对我产生的影响,超越了其他任何人身上的任何品质对我的影响，令我到现在都充满感激。这一点也让他能像磁石吸引钢铁一样，敏锐地捕捉到任何人、任何地方、任何活动或任何情况的本质，同时行事也能突破先入之见或偏见的条条框框。他有自己所谓的"真诚"标准，会用自己从未系统阐述过的法则来确定人们是否"真实"。这种对多样性经历的热切接纳让我非常兴奋，对我也很有价值，因为此时，我也刚准备好接受任何在人生道路上可能遇到的影响。我已经到了某个阶段，开始隐隐约约地、大多数时候是私下地，对抗一直支配着我们这个家庭的规则，这种对抗并没有多么执拗或理性，因为实在也没有什么值得对抗的：我爱我的家人，爱我的家，我喜欢我们所做的一切。而正是保罗，带着他那简单明了、充满激情的论断——譬如"你要记住，最重要的就是要接受人们本来的样子"，以及"我讨厌在任何情况下都无法自然处世的人"——出现，打破了我的边界，让我渴望将人们当作平等的个体去交往，而不论阶级或种族：他将我从当时虽然并没有伤害到我，却很有可能困住我的枷锁中解放出来，为此我永远感谢他。

保罗经常吹嘘自己的"处世之道"和"待人之

道"。正是由于他凭借这般本事在生活中摸索前行，所以他立刻成为农场中这个家庭的一员。他以我们所期待的方式喜欢这个地方，喜欢我们；他巧妙地避开了可能会导致我父母不喜欢的点；他按照自己认为恰当的方式，高高兴兴地投入到塑造那个爱慕他的年轻人的工作中去。在我的记忆里，他确实设法将一些知识灌输到我弟弟的榆木脑袋里去，但他的主要精力还是集中在让我们开阔眼界，认识生活。

他的家人住在伦敦，但每年夏天的大部分时间，他们都在离我们不远处的海边度过，他家在那里有一间小木屋。他的父亲是个商人，虽然并不算富裕，但还是比我父亲有钱。保罗上过伊顿公学，我弟弟则打算去念惠灵顿公学。如果他父亲坚持，保罗离开牛津后可能会去帝国化工或联合利华这样的机构工作；而我弟弟，除非他有其他天赋，否则很可能会像我父亲一样去参军。当时，对于住在伦敦并能像保罗的父亲一样，通过了解证券交易所的行情而赚钱（或有时亏钱）的人，我们都觉得虽然时髦却不怎么光彩；而对于住在乡下，有那么一点点钱，或者就算没钱，只挣一点薪水的人，我们则会觉得称得上社会中坚，但同时也很无趣。尽管如此，我们两个家庭对彼此了解后还算满意,因此没人对我和保罗之间很快发展起来的亲密关系表示不满。第一个夏天,做完家教后,保罗会来陪我参加我家的聚会,我也会去他家的木屋小住,同他以及他三个姐姐中最小的一个一起出航。她比他大两岁,有一段时间,她成为保罗在我心中的替代物,我将自己的爱和钦佩倾注于她——因为我在保罗的卧室里发现了一封信件,显然是与他共度良宵过的女孩的来信——考虑到这一点,以及我和保罗之间四岁的年龄差(对十五岁的我来说,十九岁的他已经是个大人了),我觉得我的爱在一段时间内无法求得回报。我太过理智,明白自己在还扎着马尾辫的时候不可能期望有什么竞争力,于是就这样故意地、相当平静地尽量和保罗的姐姐厮混在一起,静心等待时机。

那时,最美好的时光都是在航行中度过的。没什么比待在船上胡闹更美妙的了(嗯,当然,写作、做爱、旅行、赏画也都不错,但那种感觉和航行不一样,航行真的很美妙)。保罗带我体验的是开着一艘长十四英尺[1]的半甲板小帆船在河口航行——帆船

1　1 英尺约合 0.3 米。

的船级我不太确定,但性能良好——所以这成了我最喜欢的那种航行。沿着海岸从一个河口缓缓驶到另一个河口时,要是出海稍微远一点,我就会有点害怕。对于习惯了在宽阔大海上航行的人来说,在大海里航行当然更好,但我仍然不安地意识到,像帆船这样小而脆弱的人造装置,要能经受如此巨大冷酷的对抗力量,是多么不寻常的一件事。我一直很喜欢水,但是大海——大海里的水也实在太多了吧。只有一件事比这更可怕,那就是从高空俯瞰云层,云层呈现出大地的模样,仿佛我出现了幻觉。在这样的情境中飞行过后,那些沟壑、峭壁,那些像从被侵蚀的沙漠中拔地而起的悬崖和山峰,一直萦绕在我脑海。我始终摆脱不了这样一种感觉,仿佛自己看到的是一个真实的世界。常识告诉我,如果我穿着降落伞跳下,会穿过这些云层,这就够糟的了。但更糟的是,我在噩梦中发现,自己竟然落在了云朵上,原来它以一种超自然的方式存在着,没有水,没有温度,没有任何东西生长其间,我成为那里唯一的生物,我只能像蚂蚁一样,在这个坚实但完全属于陌生秩序的地方跌跌撞撞、挣扎死去,除此之外,没有任何希望。海洋也是这样一个地方,它的秩序并不适合人类生存。人类凭借聪明才智,找到了利用甚至"玩弄"它的方法,这其实是一种鲁莽。

但是河口——从听到卵石在麻编鞋底发出的第一声响动、吸入河泥散发的第一缕气息时起,我就仿佛回到家一般自在。脚下的栈桥木板发出阵阵声响,晾晒在高出水面木桩上的缕缕海藻缓缓漂散,船板间透出闪亮水光,还有拴住小船的那些粗糙的铁圈质感。当我悬着腿坐在栈桥边,等着别人去取新船舵或将水箱填满,或(更多时候)去看修理舷外发动机的工人时,那样单纯、简单的快乐时刻,我不知道世界上还有什么可以比拟。

对于船只发动机,我唯一喜欢的就是等着修理它们的时候。它们正常使用时,简直是一种折磨:噗噗噗——安静,噗、几个烟圈、一股油烟——随后寂静无声。"你最好上去再测一次水深。""水量是足够的,但我们正向港口漂去。""这该死的破玩意儿。"可是,没有发动机确实会带来不便,对此我可是深有体会。有一次在克莱德河上航行时,我和一个人同船,整整一周都没有风,我们被困在那儿,动弹不得。那人放任笨重的船底长出了六英寸[1]长的

---

[1] 1英寸约合2.54厘米。

水草，还会在一天结束之际把湿答答的船帆堆成一堆（这时，仿佛能听到保罗的鬼魂在问我："你到底和这个可怕的家伙干什么去了？"）。

那条船只有借着一阵强风才能转向，而每天早晨空气稀薄时，它就像一头死鲸一样无法控制。我们乘着轻风，顺着潮汐和水流，在克莱德河上漫游，最后终于卡在了一个叫小昆布雷的岛外锚地，随后，我们发现自己身处一大群歇斯底里的燕鸥的繁衍之地。鸟儿们感受到了我们的存在，一整天都非常愤怒，抱怨地尖叫、盘旋，把我们无所事事的船只当成了某种贪婪的海怪。终于到了第二天早晨，我们察觉到一丝风吹来，赶紧启程，这真是解脱。航行了很长一段路后，我们来到一个从大陆延伸出来的沙洲边缘，这时风停了，还起了雾。"我得到大昆布雷岛去，请人把我们拖回家，"船主这么说着——大昆布雷岛有个村子，"你得关注着水深，如果到了介于三到四英寻[1]之间，就必须抛锚。"他气呼呼地划着小舢板出发了，要划上一英里[2]多的路程，但在五十码之后，他就消失在了雾里。

1　1英寻约合1.8米。
2　1英里约合1.6千米。

这是一条三十英尺长的船，船上的一切都沉重而别扭。我把锚放下后，非常怀疑它是否能顶住沙底，但我没法检查船只是否在漂流，因为什么参照物也看不见。在光滑的水面上，一些零碎的漂浮物从船边漂过，但这是因为它们随着缓慢的水流而动，还是因为小船被水冲开了呢？我能感觉到锚钩着的沙子在静静地等待，每一波貌似温柔的荡漾都预示着静悄悄的搁浅。如果真的搁浅了怎么办？我似乎看见自己从船里跳进齐脖子深的水中，用船桨和船舱里拿来的台面支撑着船侧，以抵御退潮。我之前也这么干过，但从未在无人帮助的情况下独自完成过。万一忽然刮起了风暴又该怎么办？这些群山环绕的水面，看似风平浪静，但也许两分钟内就会刮起风暴。所以人们曾多次告诉我："遇到非常危险的河口时，你必须对它了如指掌。"但我什么也不了解。

于是，我试着给自己背诵诗歌，还开始梳理《爱玛》里的情节，包括情节的确切顺序——但每隔几分钟我就注意到，某块水草开始向着调帆索右侧的挂钩浮动，也就是朝着船尾不知不觉移动了六英

1　英国女作家简·奥斯丁（Jane Austen）的小说。

寸。半小时后，我的手心开始冒汗，这时，雾里突然冒出了什么东西，我感到自己脸上的血色一下子褪去了。"我快疯了。"我想，然后看见朦胧的灰色中，慢慢浮现出了一对懒洋洋翻腾的光滑身影：原来是一对海豚，这暂时分散了我的注意力。它们从来没这么接近过我，这让我开心了好一会儿，但它们很快又游走了，只剩几只看不清楚的鸟儿在上空盘旋，像被放逐的幽灵一样哀鸣着。我走下船舱，想要取瓶威士忌喝一口，却听到了玻璃杯边缘碰到牙齿的声音。我想，我需要一本书来镇定自己，于是从一堆烂绳子和烘豆罐头中翻出了一本阿加莎·克里斯蒂的书，但我根本无法集中精神阅读。我又想，这么害怕实在太可笑了，就算真搁浅了又怎样……但如果搁浅和风暴同时发生了呢？

一小时后，我又开始观察漂浮物，这时我听到了一种新的声音，是绳子末端打在木头上发出的嗒嗒声。一阵微风吹来，我舔了舔手指，又将它伸向空中：这阵风是从岸边、从沙洲的方向吹来的。只需要五分钟，我想，但不到五分钟，就天遂人愿，一阵平稳的风迎面而来，不用动什么脑筋，我的船就可以驶离河岸了。我知道，光凭我一己之力，除了让这条船在这阵风的吹拂下被送到开阔的水域之外，别的也干不了什么。之前和保罗一起出航时，我只是他的船员，每次我掌舵，他总会警惕地盯着我，更何况，我也没有足够的力量对付这条笨船。"你可能会遇到大麻烦。"我对自己说，但我不在乎。就算给我一百英镑，我也不愿再在原地待上哪怕一分钟了。于是我用双手将锚拖了起来，手上擦破了点皮，船桨在锚链上荡来荡去，我一边摸索一边诅咒，甚至大声喊了起来，挣扎着把帆挂上，终于成功了。我感觉到船帆鼓胀起来，听到船桨下汹涌的水流声，我终于离开了。

风一直很稳，没准儿我本可以成功地把船带到大昆布雷岛的港口，毫无疑问，我肯定会丢脸地把别人在那里的锚泊处弄得一团糟，但我心里可没这么明确的打算，我当时只是想在开阔的水面上自由航行而已。如果没有偶遇那条返航的小舢板，我说不定现在还航行着呢。看到船主，我调转方向，利落地把他拉了上来。他没有找到拖船，双手红肿，浑身肌肉酸痛，根本没心情感激我。不管怎么说，这一周都谈不上成功，其实早在意外发生之前，我们就发现彼此无话可说，但这恰好证明了这条船的魔力。

尽管不开心，天气也令人沮丧，船主和我彼此志趣也不相投，但留在我记忆里的（除了令人愉快的景色和声音），是我神经里那尖锐恐惧的颤抖，以及一旦启航，恐惧便烟消云散的那种胜利般的感受。

我第一次和保罗一家住在海边小屋时，整整三天几乎什么都没吃。我一遍遍在嘴里嚼着食物，却不敢下咽，生怕咽下去就会立刻吐出来。觉也睡不着，至少有一晚上是完全没睡着，我躺在床上，听着海浪拍打卵石的声音，而那种极度的疲惫感令我感到床仿佛都在摇晃，无论我怎么摆弄自己的双手——紧握，摆动，揉搓，努力放松——都无法缓解手掌的隐隐作痛。这种感觉我已经很多年没有再体会过了，而且几乎可以肯定以后也再不会有了，还有什么刺激能让我的神经再次进入这样的状态呢？我想我当时肯定也说过话，毕竟保罗家的每个人都友好地欢迎我，每次再见到我也似乎显得很高兴，但我只记得自己除了听和看，别的什么都没做。我很熟悉在农场的保罗，他不会让我敬畏，我有时甚至会以十五岁孩子那种一本正经的态度对他说教。但驾着船的保罗，还有和他那快活、狂野、风趣、成熟的姐姐在一起时的保罗，就不一样了。他身上带了一种海盗的气质,他们漫不经心地藐视着我仍然遵循着的规则,他们对自己的标准非常笃定,把传统当作无稽之谈。我全盘接受他们所说的一切,全神贯注于他们行为上每一个细微的差别,这让他俩很是受用,便接纳我加入了他们。我比任何一条船上的侍者都更渴望偷偷地乘上一艘勇敢的海盗船,无论他们做什么,我都想加入。

当然,虽然我的紧张有一部分是源于爱情,但大部分是因为我对他们的主要活动——航海——一无所知。马术一直是我的最爱,我也懂得这项运动的所有隐患所在。我很清楚,骑马的人如果穿着错误,或更糟——衣服穿得不错,但坐骑或骑法不对,会有多倒霉。我只要对新来的人锐利一瞥,就能判断他行还是不行。如果哪个男人的马笼头上有一条彩色额革,或用修剪而非梳理的方式来打理马尾;哪个姑娘的圆顶礼帽下的额头露出了蜷曲的头发,或把马的鬃毛编成七根以上的辫子——我都会对他们不屑一顾。我受到的影响太深了,以至于面对这类情况,我不可能无动于衷,就像一条狗遇到陌生的狗从前门闯入时,没办法不竖起自己的颈毛一样。

所以我知道，航行也有自己的语言、仪式、禁忌。与那个年纪的所有人一样，我很害怕自己出丑，尤其是在保罗的地盘上，在他的眼皮底下，更是无法容忍。我必须低调行事，就像潜伏在灌木丛里一样，眼观六路、耳听八方，寻找各种蛛丝马迹。我还算机灵，足以避免明显的失误，比如我知道，只要我穿得保暖、实用、不花哨，在着装方面就不会有太大问题。但其余的，我都得学。

到最后我也没有学会非常熟练地独自驾驶帆船。因为我去的次数并不太多，而每次去，又因为担心犯错误而过于听话，往往集中精力于做别人告诉我该做的事，而不是自己琢磨怎么解决问题。但我还是学到了一些事，比如遇到雷雨天，一群滨鹬在空中呈之字形飞行时，我们几乎是看不见的，直到它们转向，有那么一瞬间露出腹部，那时就仿佛一道微弱的白色闪电划过云层；我还学会了观察蛎鹬的步态、燕鸥箭一般的飞行姿势，还有水波荡漾的方式，或暗沉，或闪耀（当地人称之为"叮当乐声"），此时，这些整齐的光点会从每一个涟漪中闪光；我还学会了，夜晚时分，当你在远离海岸抛锚的船上醒来时，有时会听到有人围绕船只走动的声音，在这样的黑暗中，如果你把一桶水倒到船外，运气好的话，就能看到一束白色的光焰落入深处；我还学会了听船发出的嘎吱声和水流轻快的拍打声，感受船受到的压力和震动，感受顺风航行时轻柔的飞行之感，听转向时的哗啦声，抢风航行时的嘶嘶声和撕扯声；我还学会了享受两人一起航行时那种舒适的寂静，想到什么就脱口而出的轻松瞬间。那是一段断断续续的学徒期，我们彼此分享着深切的快乐。

我稍微再长大一点时，在岸上，我们会在昏暗的小酒馆里喝啤酒，吃牡蛎，或是就着腌洋葱享用面包和奶酪。我发现自己飞镖玩得相当好，这对于像我这样手眼协调能力差、玩游戏经常出糗的人来说，真是一个惊喜。但说起这件事，能加入飞镖游戏，或者说能在这个游戏里被人接受是需要技巧的——"外地人"，也就是那些常年不在当地定居的人，在东盎格鲁是不被信任的。通常我们一进门，原本边喝啤酒边优哉闲聊的船工和农场工人们便会停下，但只要他们看到"老保罗"（在这里，每个人都被冠以"老"什么，就算小婴儿也是如此），就会愉快地迎接我们。因为他在那一带已经待了好些年了，大家也都觉得他还不错。即便如此，想要太过急切地打入圈子也不容易，尤其对女孩而言。保罗是酒吧礼仪的专家，他教导我，在酒吧里，人们应该安静；应该尊重不论男女的长者坐在他们"自己的"角落，不去打扰；应该熟悉（但不能故意表现）河水和乡村；应该表现得自在又不能像在自己家里一样无礼。就这样过一会儿，我这位举止得体的"外地人"便会被常客们忽略掉，然后又想起来，不过这次就能换一种方式了："有人想玩飞镖吗？那位年轻的小姐？"于是就轮到我们了。如果我玩得还不错，比如某次我开局就"啪啪"两次，得了双倍二十分，那么我们可就不光是被接纳了，还会一起庆祝、尽情欢乐。而让这些时光更添滋味的，莫过于我知道回到学校后，还能有这些美好时刻可以回味。

6

我们家因为"没钱"搬回农场后不久，我就不得不去上学了。保罗来我家时，我已经上了一两个学期。我本来并不想去，但因为对学校生活实在太缺乏了解,所以也并没有感到应有的害怕。正如大多数成年人接受不好的天气、枯燥的工作或疾病一样,孩子们也接受了成年人希望他们接受的生活方式,并非心甘情愿,只是听天由命。

就学校而言,这是一所好学校,我当时就知道这一点。我也愿意相信这对我是有好处的,因为在家里,我已经开始被人指责为"傲慢""爱生闷气"和"自命不凡"了,可我不喜欢被这么形容,我只是不知道该怎么做才能不被指责。如果学校能像人们所说的那样"磨去我的棱角",且能"教会我如何与其他女孩相处",那就祝它好运吧。但我显然做不到,而且也不明白,为什么要指望我不仅逆来顺受,还要乐在其中?

这是一所面向北海[1]的小学校。在学校的运动场和北极之间,一定还有些其他陆地吧,但根本看不出来:每年冬天,当你追逐一个长曲棍球时(如果你是我,就永远也追不到球),汗水顺着额头滴下,还没滴到地面就会结成一根小冰柱。令人恼火的是,恶劣的气候加上长期的户内外活动,确实对我们的

---

[1] 北大西洋的一部分,位于大不列颠岛以东,斯堪的纳维亚半岛西南和欧洲大陆以北。

健康非常有利,那里的人从来没得过传染病,我也只有两次有幸逃进了文明的病房单间里。

我十四岁时,第一次踏上这条由沙滩小鹅卵石铺就的松散砾石路,穿过精致的白色木制门廊,闻到鞋油、墨水和运动鞋的味道——我十四岁来到这里,差不多十八岁时离开,仿佛有一辈子那么长。天哪,想想夏季学期吧!没有哪一段时光能像那十三个星期一样,漫长得好像无穷无尽,直到我在日历上将第一天划去,才感觉稍微有了点盼头。三四年前,我走在牛津大街上,看到一个橱窗里陈列着校服、皮箱和点心盒,后面还挂着一幅似乎正在嘲弄学生的巨大日历,日历上当天之前的日子全被划掉,上方写着一个可怕的说明:"距离开学还有五天。"我带着难以置信的恐惧盯着这个日历。设计这个橱窗的人一定只是听说过寄宿学校,但从未自己上过吧,因为经历过寄宿学校的人怎么可能忘记那种在麻木的忍耐下内心的绝望呢?人们就是这样顺着日历的小格子,朝着那个象征着重获自由的标红日期,一格格地艰难爬行啊。

除了运动之外,在学校必须做的其他事倒也不怎么令我反感。我觉得课程是必要的,通常还挺有趣，有时甚至相当令人愉快，况且我还交到了一些朋友，也很珍惜和她们相处的时光。但让人难以忍受的是这里缺乏的东西：没有自由，没有家，没有隐私，更没有欢愉。当我了解到，除了在盥洗室，一天之中我没有一分钟可以单独待着，而且每分钟都已经被规定好要做什么事时，我的精神立刻委顿了。

　　第一学期，当一切还处于新奇、野蛮的状态时，我曾发明过一个护身符。早晨，有一只画眉鸟在宿舍窗外歌唱，那如泉涌般的歌声，仿佛是来自校外世界的声音，我热切地聆听着，几乎能分辨出那些反复出现的调子。尤其是其中的一小段，仿佛是个承诺，只要听到这个调子，我就觉得起床更容易一些。宿舍里的隔间，通常四周的栏杆上都挂着白色的帘子。一开始我想，至少能将帘子拉到床边，然后想象自己是一个人待着。但第一天晚上，舍监就和气地跟我解释，一旦我们脱衣睡觉，帘子就必须拉开。我只好照做，躺在床上，泪眼汪汪地盯着墙上帘子挂钩上的带子。带子一端的铜环是椭圆形的，于是，我给这枚铜环赋予了友好的力量，还给它起了个名字，叫西奥多，每天晚上睡觉前还会摸摸它。没人知道这件事，没人能猜到这么荒谬的事——所以这个铜环至少是属于我的私人物品,能给我传递一点点少得可怜的、令我安心的信息。在我的整个中学时代,即使我已经被认可,也拥有了安全感,而且还靠着运气、决心和能屈能伸获得了"有个性"的评价,因而也获得了不同寻常的自由度,但我仍然为自己保持了一套非常私人的象征符号,以维系与外部世界的联系。

比如菊花,这种花散发着每年圣诞节外婆为我们举行舞会时的味道,因为我的生日正好在那个时候,所以舞会也被称为"戴安娜的舞会";还有,我们女校长的起居室里有一只蓝色的碗,我愿意认为它的美只有我注意到了;青蛙们在睡莲池中缓慢而恬不知耻地做爱;还有鲁弗迪,舍监养的那只又胖又暴躁的短毛猎狐犬。当我从一节课的教室走向另一节课的教室,或从运动场走进室内时,这些东西就会吸引我的目光,我对自己说:"耐心点,外面的世界还没有停止存在。"不过,没有什么护身符比知道这一点更令人宽慰:尽管我身穿蓝色哔叽运动短上衣,脚上穿着绑带黑鞋,看起来毫不起眼,但我内心知道,我就是那个和保罗、胡基·吉姆森,以及老古斯伯里·金一起在天鹅酒馆后堂玩飞镖的女孩。就在保罗第一次吻了我之后……"我为你感到害臊,"校长说,"你是个聪明姑娘,只要你想就能做好。但这样的分数,完全是由于漫不经心的懒散造成的。"我回头看了看她,平静而无动于衷。羞耻之箭确实在空中飞舞,但我只要对自己说,"上次假期保罗吻了我",那些羞耻感便会烟消云散。

在寄宿学校,我的隐秘罪恶第一次被暴露出来:懒惰。大家都认为我是个聪明姑娘,但就是很懒惰。从那以后,它就一直跟我如影相随,因为内疚,我确信这是一种罪过,而不是能力不足。每当要去做一件对我没什么吸引力的事时,一种巨大的惰性就会显现出来,这是一种足以麻痹我道德感的力量。即使我知道有些事必须做,也知道我能够做到,可一到关键时刻,这种力量就会阻止我行动,或导致我一次次拖延,直到已经来不及。在此过程中,我既不是有意识地挑战那个"必须",也不是蓄意地否认那个"能够",只是我大脑中感知"必须"和"能够"的那部分功能萎缩了而已。于是,我几乎是下意识地就滑向别的、我喜欢做的事情上去了。在学校里,即使我本该做代数作业,而且刚下了半小时的决心要好好做,但我还是会去写一首诗,或偷偷摸摸地从公共书架上拿出一本小说来读——他们竟然愚蠢地给我分了一个在书架旁边的座位!过了一年,他们才弄明白,再多的责骂或谆谆教导也治不了我这个毛病,于是只好把我挪到另一个座位——要想从那里够到书架,就会被别人看到。现在,我都已经四十二岁了,同样的事情却依然在发生:我可能需要准备广告文案,交稿日期越来越近——已经到了——已经过了……我却发现自己正在给一位作家口述一封信,告诉他我有多喜欢他新提交的书稿。已经有太多证据说明,这种自我放纵最终不会令我的生活更舒心,反而会变得更不愉快,因此,我的无能为力几乎让我自己也感到害怕。哎,但现在看来,想要战胜它基本上是不可能了。

校长对我这种情况进行了评估,采取的应对措施是,每学期期末考试前两周,找个恰当的时机对我进行一次猛烈抨击。"戴安娜,校长叫你去她书房",于是我提心吊胆,脑海里不断回放着自己做过的事,顺着黑暗的走廊去敲她的门。她会站在壁炉前,穿着一件棕色或深绿色的针织套装,裙子或许还会稍稍往上提一提,让自己的腿取暖。"贝格斯小姐告诉我……，赫伊森达小姐告诉我……"接着，那些令人羞耻的证据就会呈现在我面前，她的语气里满是厌恶，还带着浓重的讽刺语调，让我简直想揍她一顿。我几乎是带着怨恨和羞辱的泪水回到自习室，在本应准备考试的时间里，赌气地读读小说、写写信，但不可思议的是，这样下来，每次考试我的分数还不错。这种仪式进行了几年之后，如果某次她漏掉了，我反而会觉得失落，因为我喜欢考试结果不错的感觉。我还记得有一个学期，她的批评来得太晚，导致我那次考试唯一名列前茅的科目只有英语，这令我非常气愤。英语我一定会名列前茅的，因为我喜欢英语。

然而，即使是校长也没有力量给我的数学注入足够高的分数。当时，甚至直到现在，我一看到数字，就立刻变成个低能儿，这个障碍如此牢不可破，以至于我并不为此感到内疚，因为我根本无能为力，不知怎么就成了这样。我还愉快地记得我的第一堂算术课，那是由一位可爱的姑姑教的。我们一起玩火柴棍，我觉得学得还挺顺利。但一旦我掌握了加减法和除法，就再也无法前进一步了。我对数字符号的厌恶如此之深，以至于我甚至都不能放心地给一份打字稿编页码：回头检查，我会发现自己标记的是"82、83、84、76、77"。老师们看到这种情况，意识到我完全不可救药，于是建议我放弃数学，从当时拿毕业证书需要的必修课中选一门来代替，于是我选了植物学。我很喜欢解剖黑莓和罂粟果，然后再照样画出来，而且对于能从那些噩梦般的数字中解脱出来，我也心怀感激，所以这门课我学得相当好。

对数学一窍不通这件事，我并不遗憾，但我对拉丁语也有那么点不太严重的障碍，这令我深感遗憾，我相信这个障碍原本是可以克服的。如果在学了最基本的语法之后，我能自由地用一本字典，去读比如说，奥维德的《爱的艺术》……但是，哎，以前的拉丁语教得多么糟糕啊！那些不知姓名的女孩们，不断地把山羊作为礼物送给那个无聊的女王！我曾经对它们穷追不舍，我喜欢山羊，对它们非常感兴趣，但在书里，它们可从来没做过任何山羊该做的事儿，所以一点儿也不讨人喜欢。我努力地学着拉丁语。如果可以选择学习哪些动词，我愿意挑选一些对我有意义的词，比如"跳舞""骑马""喝酒"，当然，还有"爱"。我还发现，将来时态可以用作咒语,因此我记得还挺牢的。"我将跳舞,你将跳舞,他将跳舞"——到这里暂停一下,幻想一下"他"——"我们将跳舞——我将穿上亮粉色的薄纱长裙——不不,也许是厚重的金色锦缎长裙——他将……"更令人难忘的是"让他爱"这种形式,"让他爱"——为了这一幕,我的头发一定会变得乌黑……我努力通过了学校考试,然后在一位上了年纪的牧师顽固强硬的假期辅导下,总算顺利通过了牛津大学的入学考试。进入牛津后,在更多额外辅导的帮助下,我通过了第一年的学位初试。然后,在拉丁语上花费了这么多年时间,学了这么多必须学的东西以后,我长出了一口气,如释重负,把这门语言立刻抛在了脑后。所以,我今天所记得的拉丁语单词只有很少的几个将来时态,以及 veni, vidi, vici[1]。

我们学校被用来当作小教堂和组织公共活动的礼堂里,曾经有一块牌子,上面写着历任班长的名字——我想现在应该仍然如此吧——我的名字也在其中,这件事我今天想来仍然觉得很蹊跷,这恰恰

---

[1] 恺撒大帝名句,译成中文为:我来,我看见,我征服。

说明传记作家必须非常仔细地考察证据才行。那时我已经在学校待了很长一段时间,能够让自己过得相当舒服了。由于做了阑尾切除手术,我整整一个学期被豁免了体育项目,校长也很圆滑,后来一直没有取消这一幸福的安排(也许是体育老师恳求她这么做的),所以当其他同学追着球奋力奔跑时,我就可以出去散步。上六年级时,我已经可以自由地坐在小图书馆而不是公共书房里,也早就没有人再阻止我和低年级的小家伙们一起在八点半就上床睡觉了。这件事的重点其实是那些小家伙太怕我,不敢去敲浴室的门,因此我可以一个人在热水里泡上足足十分钟(在学校受罪的日子里,我对热水澡的痴迷可不亚于布兰奇·杜波依斯[1]),而一旦上了床,如果幸运,我还可以空荡荡的房间里享受宝贵的半小时独处时光。一开始,有几个女孩还因为我不擅长运动又太爱读书,对我有点不友好,但现在,这两件事已经成为我形象的一部分,显得有趣甚至还有点迷人。我脾气好,乐于助人,还很容易地赢得了机智风趣的名声,我能感觉到大家喜欢我。我

---

[1] 电影《欲望号街车》的女主角。

原本期望在学校的最后一年会过得挺愉快,特别是在此时,中学毕业证书考试已经结束,我正在专攻英语——这是我学得最好的科目,为进入牛津大学做准备。

但我没想到其他人都走了,就像退潮后被搁浅的漂浮物一样,高年级女生只剩下我和一个名叫珍妮弗的女孩,她身材高大、善良却有点迟钝。而即将离校的六年级学生也需要通过一个类似议会选举的流程选出新班长,选举结束的时候,我正在图书馆安静地读着《斯帕肯布鲁克》,学校派了个神情焦虑的代表来对我说:"非常非常抱歉,我们知道你不喜欢,但珍妮弗没法做班长,你也知道,对吧?所以我们只好选你。"

"胡说,"我说,"我不干。如果我不想,你不能强迫我。"她们恳求了一会儿,又去问女校长该怎么办。我一边等待,一边审视自己的内心感受。我的第一反应是恐惧,但那之后,我是不是有点儿装模作样?在内心深处,对于即将获得这样的显要地位,我是不是隐隐约约地有点高兴呢?带着强烈的自鸣

---

1 英国作家查尔斯·摩根(Charles Morgan)的作品,英文书名为 *Sparkenbroke*。

得意，我断定自己是觉得好笑，而不是高兴：我真的是个非常鄙视与学校有关的一切的女孩，没有什么能说服我接受。

这时那个老妇人匆匆走了进来，对我说："我们去花园吧。"她挽着我的手臂，轻快地陪着我在玫瑰丛间踱来踱去，一边轻声笑，一边说些恭维话，比如："听着，你很明智，明白这一切都无关紧要，但如果你接受的话，我的日子会好过一些。"我之前就很喜欢这个老太太，曾经有一次她差点把我开除，对我喊道："你难道一点儿道德观念都没有吗？"我也回喊道："没有，如果这就是你所谓的道德观念的话。"所以我们之间还是有些可以分享的"战斗伤痕"的。不久，我就自我说服起来："啊，干吗小题大做，根本不值得啊。"但内心深处，一种隐秘的被重视之感膨胀起来。于是我开出了自己的条件，我说，我的职责将与传统班长不同，比如负责体育项目、组建团队等等都与我无关，这些事由珍妮弗做。她说同意，于是我就接受了这一职位。我并不感到羞愧，我依然觉得好笑，虽然并不是高兴，但确实，哎，还是有一点点高兴的。我已经表明了自己不想要这个职位，现在却得到了它。我已经做好我的小小煎蛋卷了,却发现鸡蛋并没有减少,这结果还不坏吧。

然而,诚实地说,当这个小城堡"女王"的短暂任期结束时,我就恢复了最初的心境。我时不时因为处于表面上的显要地位而觉得自己有点堕落,因为我会产生自满情绪,但同时也深知,我其实没有任何自满的理由,这个事实最终证实了我天生对地位、身份之类东西的漠然态度。我的结论是,这些东西都是一派胡言。从那以后,当我每次处于官方所谓具有"重要地位"的场合时,都会不断重新感受到这一点。

在学校的最后一天,即打包日,是快乐的一天。当天我们睡得很晚,吃完水果沙拉晚餐、唱完《伊顿划船歌》和哈罗公学的《四十年来》(天知道为什么要唱这几首歌)以后,我从高处看着这群开心的女孩,心里想着:"现在也许,嗯,你一定,会为这一切的结束而感到片刻遗憾吧?"但我并没有。我知道自己在学校里学到了很多,交到了一些好朋友,也度过了一些有趣的时光。我还记得自己平躺在图书馆中央的大桌子上,大笑不止,当时觉得她们得把我抬上床去才行;还记得夏天在花园里上绘画课,在《蟾蜍宫的癞蛤蟆》这幕剧里扮演獾先生;还记得学校在某次真正大选期间搞了一次模拟选举，我当时代表工党（我外婆还给我的对手寄了一捆保守党的宣传资料当作"弹药"）。过完头两个学期后，除了因为自己的过错陷入麻烦时之外，我并没有感到不快乐，甚至很多时候还乐在其中。但从始至终，我每天所做的事无非就是等着这一切结束，现在终于结束了，感谢上帝。

7

在学校的模拟选举中，我以工党候选人的身份参选，但我的家人都是毫无疑问的保守党人。我的这一选择一方面是由于保罗的影响，另一方面则是受校长的影响。保罗或多或少对政治不感兴趣，但他导致我与家人的传统规范格格不入，他反对的只是"他们"，尤其是，作为一个大学生，他对物质上的成功标准感到厌恶，因为这很可能会让他陷入自己所厌恶的行业。他父亲希望他最终能成为身穿灰色法兰绒套装的上班族，但他的性情正好相反。他说大多数保守党不是传统就是乏味，要么就是很滑稽，有些甚至是不道德的。而在当时，无论他说什么，对我来说都是天启真相，因此我的态度必然是反叛而非墨守成规。这和他向我介绍的现代诗歌也非常匹配。我十五岁那年，他送给我的第一份礼物是奥斯卡·王尔德的全部作品和T.S.艾略特的诗集。王尔德本来就是我的菜，艾略特简直就像香槟。这是一份很棒的礼物，而且还出自一个不爱读诗的人（他在扉页写道："我对这些不太懂，但我觉得你会懂的。爱你的保罗"），他真是有送礼的天赋。他漫不经心又恰到好处地把我推入我之前一无所知却刚巧准备好去涉猎的阅读领域。

我不知道校长的票投给了自由党还是工党，但她和她的姐妹们给人的感觉是，把遥远的青春都认真投注到了改革妇女权利、教育和监狱制度的努力上。她出身于一个有着良好的老式激进传统的家庭，自身是和平主义者，会确保学校的图书馆里有大量的和平主义和左翼读物。但她从来没有明显地试图影响过学生的政治立场，而是将教导我们独立思考（更不用说还要保持家长对她的信任）当作己任。尽管我有这么多缺点，她依然很喜欢我的原因之一，就是不管我怎么想，在她看来总体还是处于正确的方向。学校门厅的一张长条桌上，摊着各种全国性报纸和周刊，但她并不会强迫我们去读，只是鼓励阅读而已。到了二十世纪三十年代，任何思想有所开窍的人，只要不是傻子，只要阅读报纸，就很难不转向左翼。在我完成中学学业的时候，虽然获取的信息并不全面，但也已经成为一个坚定的社会主义者、和平主义者和不可知论者。

但我的不可知论并没有得到校长的祝福，她坚持不干涉良心相关事务的原则，在我停止参加圣餐仪式时，她也没有采取什么行动。我从小就是英格兰教会的一员，喜欢上帝，认为上帝了解我的一切，上帝就是爱，就是理解，因此不管我做任何事，他应该都会原谅。在小时候的那些星期天，我外婆读给我们听的《圣经》故事里，上帝是仁慈的，会在美丽的落日中显现；后来，在《圣经》原典以及贝克顿教堂（就像晨间屋一般令人熟悉、令人深爱）中，上帝是个更为抽象、更为复杂的精神统一体。我有些朋友，因为教会的无理苛求而背弃了他们从小长大的教堂；而我之所以能如此轻易地渐渐疏离我所属的教会，却是因为它的温和。

我还记得，就在这时，我小时候曾向外婆描述过的那个让她感到沮丧的意象——超越人类经验的边际所感到的无以名状的混乱之感——向我袭来,这种感觉和云中景致带给我的印象遥相呼应,在我十六岁切除阑尾、接受老式麻醉时进一步变得清晰起来。小时候,我害怕的东西和别人差不多,就是床底下躲着的什么怪物。后来,别人跟我说这些都是我想象出来的,我也迅速接受了这个说法,并没有被它们困扰很久。但当我处于被麻醉状态时,那个怪物却爬了出来,杀死了我。我原本失去了知觉,但也许是因为麻醉师过早地减轻了剂量,后来我又恢复了知觉,于是在一间陌生的白色房间里睁开眼,不知自己身处何方,缘何在此。那道强烈的白光就像我对自身处境一无所知而散发的恐惧。然后有什么东西冲我脸上掉了下来,我惊恐地意识到那是一只爪子,不管别人怎么说,我觉得那就是一直趴在床下的怪物的爪子。它出来抓住了我,我马上就要死了。我从悬崖边摔了下去,坠入一片黑暗。我喘息着对自己说,"他们撒谎,他们撒谎",然后用手指疯狂地抓住悬崖,心知一旦我抓不住,就会消失,消失在我预想的那片虚无之中。但当我凝视着黑暗,却发现情况比这还糟,那并不是虚无。在寒冷和绝对的恐惧中，我看到无尽的黑夜充满了移动的形体，一片片微光组成星系，按照自己的规律盘旋、交织，我完全无法理解。我觉得自己在大叫："至少让我有所变化吧！"但同时明明白白地感觉到，自己不可能有任何变化，我不得不放手，从悬崖边一头扎进这个新的秩序之中，除了普普通通、资质平平的自我，一无所恃。这时，我忽然觉得自己应该开始相信上帝，因为说不定相信就能有用——或许能赋予我必要的能力，但同时我又觉得，仅仅因为万不得已才紧抓着信仰不放，这非常可耻，因此无法做到。在孤寂和绝望之中，我放了手，便坠落了下去。

我并没有从这些经历中得出任何结论，也没有有意识地将之与我的宗教信仰或缺乏宗教信仰联系起来，但我想这些都源于一种与生俱来的感觉，即上帝并不像人类创造的那么简单，而且，就算真有上帝，他的存在也未必就像别人告诉我的那位仁慈的上帝所做的那样，是为了回答人们的问题、为人们铺平道路。随着年纪增长，我对世界上所发生的一切越了解，就越笃定。但在我刚开始上坚信礼课时，在信仰这件事上，我依然认为"他们"可能比我更正确，仍然期待随着进一步获得指导，我的疑虑会消失。

每周两次来学校为我们受坚信礼做准备的那位牧师温文尔雅,一副苦行僧的模样。他心地善良,智慧过人,跟我们谈柏拉图显然比谈耶稣基督更为出色,这让我对他很是钦佩。他那张疲惫不堪的脸显示出被精神而非智慧所触动的神情,显然,他觉得自己课程的真正目的,比他装点其间的有趣想法更加重要。我喜欢他、崇拜他,他所描绘的基督教新教的信仰给我留下了深刻印象。这种信仰非常美,我能看到,人一旦相信,就会把自己的整个生活都奉献给它,正如这位牧师所为。确实,如果决定信仰,却不把自己的整个生命奉献出来,不把自己的一切送给穷人,不走到蒙昧之中成为明灯,那么所谓的信仰必然是胡说八道。我受了坚信礼,第一次参加圣餐仪式,"你会发现,在遇到困难时,这会给你莫大的帮助和安慰",我的教母这么对我写道,但我已经准备好迎接更多。如果这股神秘力量扭转了我的疑虑,我并不会感到惊讶,但肯定会觉得失望——因为如果我真的全身心地信仰,那么按照逻辑,结果必然是我要将一切送给穷人……想想我需要为此放弃些什么!

那么，我到底怎么才能确定，这些圣礼对我毫无意义的真正原因呢？我只知道，我恭敬地领受了圣餐，全神贯注地思考着基督在十字架上的受难，可出来和进去时感觉并没有什么不同。我已经得到了足够的指导，知道去期待"显灵"是荒谬的，但我仍然感到失望。我既已经历了这一切，就不该再对自己说这样的话："如果我所品尝的并不是真的基督的身和血，那又何必大惊小怪？我敢肯定不是真的，只是一种作为提醒的象征，但象征物怎么可能像他们所说的那么神圣呢？"看起来上帝还没有替我做出决定，所以我得自己做决定。

时光仿佛被压缩了，所以这个问题我到底是思考了几周还是几个月，我已经不记得了。最后，我得出了一个由果及因的结论，那就是：我信仰与否取决于我打算怎么做。比如十诫，在坚信礼课中我再次复习了一遍，但我是否已经准备好，是否能够遵守？在我思索这些的时候，我正躺在病房里享受着一段偷来的快乐时光，因为扁桃体轻微发炎，我舒适地独自躺着，没有什么分散我的注意力。十诫里的大多数要做到都很容易，但"不可奸淫"——我根本不需要审视内心，就知道答案不言而喻：我必须面对的事实是,只要有机会,我一定会犯"奸淫"之戒。所以我想(略带震惊地,但同时也感到解脱),我不相信上帝。

不管是"奸淫"还是"上帝",都不过是个简略的表达方式。我知道"奸淫"的具体意思,但我想表达的与此不同,我指的是做爱,不论结婚与否——婚姻可能要过几年才来,但我希望能很快做爱。当时我对性的抽象痴迷已经逐渐消退,取而代之的是对爱情的全心专注,这通常仅仅指向一个男人,但如果保罗辜负了我,我也会和另一个人做,那只能为保罗感到遗憾。在学校,我们从来不讨论这些事,这里的纯洁标准之高,以至于我们根本不明白维持这些规定的目的:比如晚上必须拉开帘子,或禁止少于三个女孩单独在一起。我觉得我对性和男人的了解多过我的大多数同伴,也比她们更经常地想到这个问题,但传播这种知识就显得不负责任而且缺乏品位了。一个雷雨交加的下午,我们正在舞蹈课上练习摔倒动作,我穿着果绿色丝线刺绣外套和短灯笼裤,配上浅橙色莱尔长筒袜,四肢伸开,倒在镶木地板上,心想:"如果这时有个装卸工……"但为什么是装卸工呢?我敢肯定自己从来没有遇到过装卸工,"如果这时有个装卸工来和我做爱,我一定会让他得逞的。"在那种情况下产生这种想法非常不合时宜,但我喜欢,而且为我的同伴们感到难过,我觉得涉及这种事情时,她们都太过天真。至于我,我知道自己是为爱而生的,而爱则意味着做爱,我要尽快把这两件事结合在一起,达到炽热的圆满状态(不不,不是和装卸工,那只是个笑话)。上帝虽然禁止我这样做,但我自己并不禁止,也不觉得上帝正确。

就像"奸淫"是一种省略的说法,"上帝"也是。我指的是伴随我长大的上帝,我的家人和老师让我认识到的英格兰教会里的上帝。我将要违反的正是他的规定,但由于他那实用的、英格兰式的温和态度,所以我并不害怕违反这些规定。因为不怕,它们就不是规定。任何可以被如此轻易忽略掉的东西,都不可能是终极答案。

从那以后,我为自己的不信又想了更多逻辑论据,并且仍觉得没必要用另一个什么别的东西来代替"上帝",但我不确定我是否真的停止了"信仰"。我想,想要理解面对垂死的外婆问我她生活的意义时,为什么我没有觉得不寒而栗,或许还需要花点时间。

8

法式塔夫绸——轻薄挺括，庚斯博罗[1]为西登斯夫人作画时，夫人穿的就是这样面料的裙子——夜空般纯净的蓝裙上，是仿佛用铅笔尖点染出的黑色条纹；灰色丝绒——阴影处呈鸽灰色，光亮处则泛着银色；一件灰色灯芯缎裙子——上面披着雪纺，镶着柠檬黄饰带；大量雪纺材质的衣物，胸部有层层叠叠的粉红色珍珠刺绣；以及由很多珍珠缝制而成的网格状腰带……这些全部是跳舞时穿的衣服！从十五岁到二十岁，我到底花了多少个小时——多少周、多少个月，还是多少年——来考虑穿什么样的衣服？当然，还包括白天穿的衣服，但晚装会令人发生变化，令我感觉自己像美人鱼、像天鹅、像柳树，令我走起路来姿态都不相同，令我准备好随时陷入爱河。这些衣服通常都是妈妈做的，因为去商店买既奢侈，又常常不尽如人意。对于做衣服这件事，妈妈既聪明又浪漫，她会从商店和时尚杂志

---

[1] 托马斯·庚斯博罗（Thomas Gainsborough），十八世纪英国著名的肖像画家和风景画家。后文提到的"西登斯夫人"为十八世纪英国女演员——萨拉·西登斯（Sarah Siddons），以扮演莎士比亚笔下的角色"麦克白夫人"而闻名，庚斯博罗曾为她绘制肖像画。

中发掘灵感，花不少钱购置衣料，直到现在我才知道，她是把自己未曾亲身享受到的快乐缝进了衣服里。她当时才三十多岁啊。我几乎要花几个小时，站在她的起居室中央试穿衣服，到最后，往往我们两人都变得烦躁起来，而我从来没想过，她本来也可以给自己做那样的衣服。我们住在农场，除了周末之外不与父亲同住，这一切都是她自己的选择。她的性格就是这样，只要是她的家、她的花园、她的动物，她就可以（或者看似可以）全身心地投入其中，充满信心和精力。但事情也有另外一面。不久前，她就向我揭开了这另一面，说出了让我大吃一惊的话："那时候我常常在想，自己能不能再多忍受一天！没有男人，没有乐趣，没有旅行，那可真是一段沉闷的日子。"

我生命中最快乐的时光竟是一段"沉闷的日子"吗？回首往事，我看到了父母和孩子之间那可怕的鸿沟：这个年轻女子，在用尽全力应对着生活的低谷时刻，她性格"执拗"而叛逆——让丈夫疲于应对，可她内心又感到羞愧，只好想尽办法忍受这任性的选择带来的后果，接受在没有男人的乡村生活的"惩罚"。对于她的挺身而出，我从来没有产生过疑问：这就是我的母亲。我接受了她为我着想，为我努力，对我慷慨大方，仿佛这是她的快乐、我的应得。当她等着年轻小伙子开车将我从舞会送回家，烦恼得睡不着觉时，我还因此责怪她：为什么当我蹑手蹑脚上楼时，她老是要抱歉地问一声："亲爱的，回来了吗？聚会愉快吗？"当她对我的自由行动流露出焦虑时——这种焦虑通常被压抑在心，不过从她的角度来看，往往是合理的——愤怒之情就会在我心中爆发。

保罗来了又去，然后又来。有时我会几周都看不到他，也听不到他的任何消息，然后又收到一封长信，或接到一个电话，他会隆隆地骑着一辆摩托车或开着二手汽车出现在车道上，我们就一起去参加聚会，或去海边航行。

他很擅长和人一起做事。在我的记忆里，更多的是我们在一起做了些什么，而不是我们对彼此说了什么（尽管我们也说了很多话）。如果保罗和一只狗玩，他从狗柔软的耳朵、狗的一举一动以及神态表情中发掘出来的快乐，会让这只狗显得更加真实鲜活；如果他开着他的某辆旧车，他的驾驶操作也会令驾驶这一单纯的行为变得更加有趣。任何他喜欢的地方，比如他称为"小型日本"的地方——在我们航行的河口两旁，平地先隆起又落下，然后延伸至一片长满饱经风霜的苏格兰冷杉的砂崖下的沼泽——因为他的喜欢，那地方的自然风貌一下子就生动地展现在我眼前。有一年复活节，他和我一起去摘樱草花，这是贝克顿教堂每年都要进行的装饰仪式，看到我对树林深处那厚厚一层樱草花稀松平常的态度，他感到大为惊讶。在我眼中，樱草花在那里长得茂密理所当然，它们一向如此，但保罗长期生活在伦敦和海边，那些地方的樱草花并不繁盛，所以他看到这些花时，便蹲下来把脸埋在花丛中，笑着说："我的天哪，这些花真漂亮。你就像诗里写的那个家伙——对他而言，河边的樱草花／只是一朵黄色的樱草花／除此之外什么都不是[1]！"刹那间，樱草花那脆弱、微红、略微毛茸茸的茎，那娇嫩的花瓣，那精致的花心漏斗状结构，那在更暗、更宽的老叶子中蜷缩着的浅绿新叶，以及每簇花朵的排列组合，还有它们那仿佛刚被雨水冲洗过的甜美芳香——有关樱草花的一切都变得鲜活起来。

---

[1] 选自英国"湖畔派诗人"威廉·华兹华斯（William Wordsworth）的叙事诗《彼得·贝尔》（*Peter Bell*）。

他本人就是个很好的例子，能说明参加打猎等体育运动的意义，这本来是一件很难向没有经验的人解释清楚的事情。一个好射手，通常都喜欢练习射击技巧，但要是跟着保罗去参加打猎，你可以看到更多东西。不管狩猎方式如何，无论是用枪射击还是跟着猎犬搜寻，这个过程都会令猎人与脚下土地产生更亲密的联系。比如，他知道鹧鸪偏爱什么样的藏身地，如此了如指掌，就好像他自己就蹲踞在广阔潮湿的甜菜地里一样；他知道天气会对"他的"土地和住在这里的动物所产生的影响，了解气味和纹理，了解走过不同类型落叶时发出的不同声响，了解手掌触摸到树干潮湿一侧的苔藓时的触感。由于追踪，他的感官变得比那些最热衷的徒步者还要灵敏，因此他能吸收更多东西。他必须与自然抗争，而不仅仅是在一边旁观，他需要跋涉过泥泞的地面，爬过多刺的树篱，考虑风速，观察光线——当然，还要尽可能地发现他所追寻的动物的习性。反对血腥运动的人自然会经常对那些宣称喜欢动物的打猎者报以嘲笑，这可能确实自相矛盾，但同时也是完全真实的，也就是说，没有比猎捕更可靠的真正了解动物的方式了。我现在相信，一个只为享乐而打猎的人确实是恣意破坏,但我毫不怀疑,只有猎人最能体会作为野兔、鹧鸪、野鸡,以及鸽子的感受……保罗对此非常了解。他从打猎中得到的满足和航海一样,都是与真实的事物游戏,不管是水、风,还是动物。航海是这两种游戏中较好的一种,因为更加公平:如果你不够聪明,水和风就会杀死你。但射击(以及捕猎,要是我可以教他的话)也有着同样的力量,驱使你和大自然以及自然元素紧密相连,这种紧密程度仅次于从事与大自然相关的工作。

我们一起去剧院或画展,去伦敦夜总会跳舞(我第一次去夜总会就是他带我去的,结束后,他找了最后一辆双轮马车送我回家),或在乡村酒吧里闲聊,他的快乐和包容总是很有感染力。我不觉得自己是因为爱他才有这样的感受,因为我常看到其他人也对他身上的这种特质有所回应,但毫无疑问,因为我在见到他之前就爱上了他,所以也尤其乐意接纳他的这种特质,这也让他从一开始就视我为盟友。

我们的关系缓慢而稳定地发展着。即使在离开寄宿学校之后,每当听到保罗发表什么观点时,我仍会习惯性地做出一副接受天启真理的样子,但我逐渐发现,过后我有时会眨眨眼睛,重新考虑一下。我开始意识到,大我五岁未必让他更加成熟。他大发议论时,会有一种自以为是的武断,而当我有时觉得那很滑稽,甚至荒谬时,也算不上是对他不敬。比如保罗说:"开快车比开慢车安全得多。"我倒不会马上说"别傻了"——我首先会假设,这话在某种神秘的意义上肯定是对的——但稍后我会再次回想他的话,思考,并且得出自己的结论。他还曾经阐述过一个他沉迷了整整一年的理论,即所有的性关系几乎都是为了追求一种核心的刺激,而这种刺激最纯粹的本质,只能在激烈的性爱里找到——他真的正确吗?他还严肃地警告我,这就是为什么我应该会发现,如果和一个爱我且因此温柔待我的男人做爱,会感觉有点失望。一开始我会觉得这个说法非常令人难忘,但后来就开始怀疑,也许……我开始越来越多地取笑保罗,也会和他争论,每次我们见面,他对我怀有的兄长般的感情都会稍有改变。

周围还有许多年轻小伙子——我们郡在这方面可谓人才济济——我从来没有因为保罗就和他们保持距离,因为获取经验本身就太宝贵,太激动人心了,令我根本无法拒绝。保罗确实是我爱的人,也是我在等待的人,但与此同时,如果有其他人想爱上我,吻我,或者夸我很有魅力,我也会贪婪地表示欢迎。实际上,第一个吻我的恰好是保罗,但也纯属偶然。因为当时,我已经等了他两年,任何一个超过二十五岁的人应该都会觉得这相当于五年、八年或是十年,因为那感觉就像等了一辈子那么漫长。我觉得,这漫长的守望应当得到回报,我也已经准备好了。然而,它就那么恰好发生了。我和表姐妹们一起去参加舞会,十七岁的我是一群人中最年轻的,并且做好了一切准备。没想到那天,在我和保罗有一阵子没见面之后,我意外地遇到了他,他敏锐地察觉到我已经长大了。他是在那晚过了一半时注意到这一点的,于是他离开了自己的同伴,还把我也从我的同伴身边带走了。

他带我坐进一辆停着的车里,双臂环绕着我,给我讲了个童话故事——他就喜欢编故事。我一动也不敢动,生怕他会觉得我不舒服而抽出双手,虽然我确实很不舒服。我们再次去跳舞时,他对我说:"结束后别跟她们回家。如果你觉得你妈妈能让我留在农场过夜,我就开车送你回去。"于是,我对一个神经紧张的表姐说我要自己回家,然后就消失了。

表姐回到庄园后给我妈妈打电话问:"戴安娜回家了吗?保罗把她带走了,我拦不住。"与此同时,在铁道路口,因为栅栏门关闭,保罗停下车,又一次伸出胳膊搂住了我,我的心怦怦乱跳,但已经学会了放松,于是我把头靠到了他的肩膀上。当他抬起我的脸颊,吻我的嘴唇时,我们都感到很意外:我是因为他的嘴唇冰冷还有点黏,我本以为应该是温暖而光滑的;他则因为我的嘴唇炽热地微张,而他原以为我会像个孩子。后来他告诉我,他当时曾想过:"这个小恶魔,她已经接过吻了,这不是第一次!"但这确实是第一次。我当时想的是,"保罗在吻我!"又想着,"也该是时候了。"还在想,"我真傻,他的嘴唇当然是冷的,因为夜风一直吹在他脸上啊。"又在想,"初吻令人失望是很正常的,所以没关系,下次一定会好起来。"我终于得到了自己一直期待的东西,而预期和现实之间的不同,只会令现实更显美好,只因为那毕竟是现实啊。

回到农场时,我妈妈从床上坐起来,因为担心而非常生气。"你怎么能这么做!"她说,"你为什么这么久才回家,你到底干了什么?"我本来什么也不想说,但心事溢满了胸膛,我没忍住。"铁道口过了一辆火车,"我说,"保罗吻了我。"

"哦,"她说,我能感觉到她心里涌起一阵恐惧,"他刚才只是吻了你,还是——你确定他没有乱来?"

我没法去打她,因为她在床上,而我站在几步开外的地方。我只能恶狠狠地嘟囔着:"你怎么能这么说!"然后从她的房间摔门而出,心里想着:"该死,该死,该死!"此刻我还能感觉到保罗的晚礼服贴在我的脸颊,那和想象中完全不同的嘴唇,他那被我握着的手轻轻地放在我的胸上,我还沉浸在自己生命里最重要的时刻,她却说什么"乱来"!

"他们真肮脏!"我这么想。

可怜的父母,他们该怎么办才好?

从一九三五年圣诞节到一九三六年十月,我一直待在家里,面对家人为我制定的去牛津大学读书的计划,一丝一毫的欲望也提不起来。我曾尝试过申请奖学金,但失败了,这件事让我感到很羞愧,幸好一位姨婆愿意出面帮我支付费用,让我得到了解脱。"亲爱的玛丽姨婆,"他们都这么说,"她可真是太好了。"——但我却想着:"真是个多管闲事的老太婆。"如今,我一直记得这件自己做得不好的事：除了出于礼貌性地表示过感谢之外，我从来没有好好地感谢过玛丽姨婆，而正是她的帮助才让我拥有了一生中最美好的三年时光。

我当时并不知道那会是如此快乐的时光，因为我将大学看成是中学生活的延续，以为我已经过了十八岁生日，他们却还想对我进行填鸭式教育。不过，因为第一学期开始前我还有几个月充实又自由的日子，所以我就像一整个冬天都待在马厩里的小马，面对一片长满三叶草的绿色草地，开始撒欢玩乐，暂时忘记了未来。新衣服、来家里小住的朋友、跳舞、读喜欢的书、骑马、打猎、网球派对……如果有人问我："你想永远这样下去吗？"我肯定斩钉截铁地回答说"不"，因为我开始变得对这种生活所依托的模式非常挑剔，而且发现那些比我大的女孩好像永远在干这些事——带狗散步、布置鲜花，在花园宴请时帮母亲的忙——这也令我感到非常压抑。不，我并不打算这样生活。但此刻，我又确实想沉浸其中。

这些活动也并非全部是快乐的，比如网球派对就几乎是一场悲剧。面对网球，我的眼睛向手传递信息的速度与面对曲棍球时差不多，因此，我一直是最差的球员，而我讨厌处于劣势。但是，一旦夏天来临，网球派对就占据了我们社交生活的一大部分，这我可不能错过。此外，身着白衣的身影映衬在翠绿的草坪，新修剪过的青草气味，自制冰柠檬水的味道，还有男人的出现——一旦比赛结束，聚会就会变得十分令人愉快。所以开车去见他们时，我不断热切地进行着自我暗示："你在球场上的糗事并不重要，他们怎么想也不重要。你的沮丧只不过是虚荣心使然，只要自己不这么想，就一点也不重要。"当这么自我暗示也不能停止沮丧时，我就会换到"不管怎么说，你跳舞比她们好，骑马比她们好，读书比她们多，还是个社会主义者"这个思路上。当然这么想也没太多用处，但即便如此，聚会的欢乐从来没有因为痛苦而变得模糊。

狩猎则完全没有痛苦，或更确切地说，狩猎的痛苦虽然私人，但同时也能分享，因此反而让其中蕴含的快乐更加强烈。每次比赛，只要一听到马儿前腿踢踏门栏的声音，我就感觉仿佛马蹄就要落在头上，紧张得几乎呕吐，这虽是我要面对的问题，但并不是我一个人才有的情况。在出发前等待的那段时间里，很多人要么异常沉默，要么不自然地喧闹起来。开始时越害怕,一旦奔跑出去,恐惧感的消失就越不可思议;在别人都排队向前跑,而你冒险跃过一段看不太清的栅栏向前冲时,马蹄的撞击和皮革的嘎吱声逐渐令人兴奋,成就感也逐渐在心中增长。我不明白,马的什么本能驱使它对追逐猎犬充满了热情。这不仅仅是明显的群居本能,因为我经常看到跟丢了队伍的落单马儿,依然会一直颤抖、跳跃,每根神经都保持警觉,竖起双耳寻找猎犬发出的声音。我曾经有过一匹小马,它非常迷恋这项运动,经过漫长的一天,回到自己的马厩时,它可以什么也不吃,一直靠着厩门,紧张地听着那令它陶醉的声音——几个小时前我可是费了好大劲才把它从那个声音旁拉开呢。但不管那是什么本能,骑手也同样拥有,而且这并非出于嗜血的欲望。只要有可能,我就尽量避免出现在杀戮现场,而我认识的许多喜欢狩猎的人,也都没有对狩猎的那个客观结果感到愉悦。

辛苦一天后骑马回家对身体简直是一种折磨:又冷又僵,还常常浑身湿透,在某个时刻,坐骑每走一步都像在颠簸,而每一次颠簸都像是把脊柱推到你的后脑勺里。这种折磨,再加上紧张的情绪,都是狩猎这项活动的一部分，也正因如此，它才不只是一项运动，它比想象中更能拓展你的潜能。庄园里有个马夫，在我们回来后会接手我们的马儿，但如果是在哈福德郡或农场，我们就需要自己照顾——不言而喻，包括洗刷身体，喂食喂水，还需要给马儿披上毯子——然后才能吃力地将我们自己疼痛的身体泡在热水里（哦，麻木的手指在热水中慢慢苏醒的痛啊），随后，再来一壶茶，配一个鸡蛋。尽管人们可能会认为英国绅士阶层对动物的痴迷很荒谬，但孩子们能从照料它们的过程中有所收获。能够从另一种生物身上感受到自己的寒冷和疲惫，然后用一把稻草将其刷拭而去，用一把麸皮予以抚慰，这个过程就是在与除自己之外的另一种存在建立共情吧。

对于没有相关经验或不喜欢动物的人来说，我的家人们谈论起动物——马、狗和山羊——的方式肯定很荒谬。我们并不将它们分成温顺的和坏脾气的，或训练得好的和不服管教的，而是赋予了它们与人类相似的性格。"可怜的煤渣，他在下马厩里肯定是太无聊了"，我们可能会这么说一匹小马；或谈起一只小狗时说，"萝拉最近非常傲慢"。这种拟人化对待动物的方式可能会被不认同的人鄙视，觉得我们实在太愚蠢了，但在我看来，这样似乎并没什么错。我觉得芙瑞雅·斯塔克[1]在描述她养过的一只蜥蜴的死亡时一语中的。她的悲伤程度令自己都觉得有些夸张，但随后又想到，比起和上帝之间的距离，自己和蜥蜴之间的距离肯定是近多了，她以此表达了被都市化的人们久已忘记的一个真理：智人并非独立于"生物"之外，而是从动物生命中进化而来。进化程度更高的动物，确实会有与人类更相似的肌肉动作和行为表现，这些都能反映出相似的意识状态；在动物身上，这些动作是通过更简单的刺激直接引发的，但其实也没什么本质的不同，如果我们觉得自己和巴甫洛夫那条流口水的狗之间天差地别，那可真是自视过高了。

我一直很喜欢有动物相伴，哪怕仅仅是它们的存在也会让我开心，比如看到一只兔子跳过草坪，或是一只鸟拨弄树上的浆果。我很高兴在成长过程中，我能将触角伸向大自然的一部分，而不是只有我自己。我也很高兴，这样的环境使我在这方面比

---

[1] 芙瑞雅·斯塔克（Freya Stark），英国旅行家，生于巴黎，是20世纪最伟大的女性旅行家，代表作《阿拉伯南方之门》。

大多数和我一起长大的人都更进一步,使我能自问:"如果我对狗、鸟和马有这样的感觉,那么那些可怜的狐狸呢?"

对我来说,猎捕的对象更可能是野兔和雄鹿,因为我们郡不猎狐,所以我们不得不将就着用鹞子和一群猎鹿犬来猎鹿,它们专门猎捕人工饲养的鹿,一天的活动结束后,被活捉的鹿会被放回围场。人们有时辩解说,年长的、更有经验的鹿知道会发生什么情况,所以只是为了好玩而躲避猎犬,但看起来它们并不认为这很好玩吧。而我狩猎只是为了骑马,猎犬工作的精妙之处对我来说毫无意义。在整个青春期,我从骑马中获得了巨大的乐趣,以至于我移开了视线,关闭了心灵,不去想猎犬所追逐的动物们,尽管如此,它们的形象总是历历在目。如果从中学毕业到去牛津上学的那几个月"永远持续",我的乡村生活乐趣不被打破,我不确定自己是否会正视这些问题,我相信我很可能会。因为我的父亲就是这样:他后来不仅放弃了打猎,甚至对此非常厌恶。

我的想法转变的时候,恰好住在伦敦,那时我早已不再猎杀任何动物,这才意识到,以杀生为乐很野蛮。如今,我很讨厌血腥运动,再也不会去打猎,也不会去看别人打猎,我想,除非实在没有食物,否则我甚至不会去抓鱼。生物为了生存必须互相捕食,但仅仅为了自己娱乐就去消灭另一种生物,简直等同于暴行。

除了对那段时间的负罪感以外,其他事情我都很坦然,尽管我经常行为不端。所谓的"不端"是从传统意义而言的,因为我乐于和男人肆意调情,而且认为在一个舞会上,除非我至少被人吻过一次,否则那个舞会就是失败的,至于吻我的是谁,那倒无关紧要;当然,从另一方面我也好不到哪里去,我逐渐变得做作,还有点傲慢,觉得自己比身边大多数人聪明,有时还会觉得(那些左翼原则都去了哪里?)在社会地位上比他们中的一些人优越。我倒没有直接这么说出来。只是在小型聚会或当地的舞会上,在和牧师、房地产经纪人,以及酒商和兽医的儿女们在一起时,我放纵自己认为,我和表姐妹们比他们更时髦、更有风度,并以此炫耀,自以为可以成为这些聚会的明星。我只希望我们所接受的良好礼仪防止了我们出丑,毕竟这很可能发生。如果我去参加一个更精致的舞会——一个有伦敦人参加的舞会——那就是另一回事了。在这种情况下，我会因羡慕而安静下来，对得到的任何关注都感激不尽；只有和保罗一起去参加这种舞会时，我才能感到放松自在。

不过，那个精力旺盛、举止有些笨拙的女孩，那个只因为一个年轻人说她长得像凯瑟琳·赫本，就给自己剪了一个卷刘海的女孩，并不会给我的良心加重负担。毕竟，即便我永远没机会上牛津大学，我也很快就不再是十八岁了。

9

我在一九三六年进入牛津大学，但当时并没有加入左翼党派。我不能说这是因为我对马克思主义持什么批评态度，也不能说我比许多更严肃的同龄人更有本能的预见性，我只是懒惰而已。与当时所有左翼大学生一样，资本主义腐臭的气味对于我来说刺鼻难闻，我们觉得，只有对资本主义社会进行极端的、革命性的对抗才会有效果。但成为一名积极的党员——我觉得太过艰苦了。如同从英国国教那里偷偷溜走一样,我也偷偷离开了左翼党派,但更没什么借口可言:第一次离开时,我能感到懒惰背后还有着正当的理由,但这次,什么理由也没有。我非常钦佩能投身其中的人,但我无法相信,成为牛津劳工俱乐部的成员,随便为饥饿的游行者们切切三明治,就是对当下形势的恰当响应了。"我,"我感到遗憾,"本质上就是轻浮之人。"

我这种心态不仅出现在考虑社会状况时,还每每出现在发生一些事情,迫使我承认战争即将来临的时候。"我们生活在战争的阴影之下……"斯蒂芬·斯彭德[1]的这首诗,我在上牛津的很多年前就熟稔于心——他曾经是我青春期热爱的诗人之一——无论是他的诗,还是我读过的其他人的作品,又或者是日常的新闻报道,都不允许我闭目塞听。可是,"哦,闭嘴,我们谈点别的吧,"我会这么说,"不管怎么说,我们都无能为力。"只有到了晚上,我才有时对自己说:"战争真的要来了,你应该知道。照目前的情况来看,不可能不来。"一个在牛津的夏夜,

---

[1] 斯蒂芬·斯彭德(Stephen Spender),英国作家。20世纪30年代,与戴-刘易斯、威斯坦·休·奥登和路易斯·麦克尼斯同属马克思主义诗人。

飞机嗡嗡地飞了一个小时，在小镇上空盘旋、掠过，我不知道他们想干什么，是想轰炸吗？西班牙的情况已经让我们有了关于轰炸的书本知识，但奇怪的是，我竟然如此确定，那些持续不断的轰鸣声来自轰炸机，而不是战斗机。这就是它们的声音，我这么想着，几乎立刻处于恐惧的寒意中，就是它们。那种寒冷和绝望，是后来当我在床上听到真正的空袭声时，都不曾再有过的。假装不会发生没有用，因为一定会发生。我流下了眼泪，可很快又觉得眼泪根本无济于事，便止住了，面对即将到来的战争，我所能做的只有哭泣。有一次我对一个朋友说："战争要是真的开始，我就自杀。"她这么回答："但这很蠢啊，为了逃避死亡而自杀。"可我想逃避的不是死亡，而是不得不去了解生活中的这种恐惧。

因此是的，我当时确实很轻浮，也很懒惰，现在看来，能成为这样的人是一种幸运，因为通过大部分时间都逃避现实、不去思考的方式，我确实将战争发生前的三年时光像珠宝一样珍藏了起来。

从家前往牛津的一路上，我都处于一种麻木的状态，惊慌失措，昏昏欲睡，超然物外，仿佛身处远方观望一切，而这一切都不能让我真正挂怀。直到今日，紧张对我的影响还是这样，这也算是一件幸运的怪事（虽然在大学考试中造成了一些不幸的结果，因为会导致答题时的马虎和轻率）。除了去上中学，我之前唯一的独自旅行就是去拜访朋友，参加聚会。而一旦到达目的地，就会看到期待中的面孔，被带着去做期待中的、令人愉快的事。我害怕离开家，一想到即将踏入这所超级大学，我就不寒而栗。简直不敢相信，几个月葱翠的时光这么快就结束了。

我之前去牛津面试过，所以知道那里的煤气厂、果酱厂和监狱，乘火车到达那里时，它们是通往美丽之地的忧郁前哨。我还知道，我的学院是一座不起眼的建筑，或者说就是一堆杂乱的建筑群。即使因为我之前的情绪太过高涨，差不多到了该被击垮的时候，但暂时也不会是因为这些因素。然而，我当时还不知道，我的房间有多么循规蹈矩——深蓝色的平纹棉布窗帘，脸盆架周围环绕着深蓝色的屏风，床上铺着深蓝色的床罩，还有已经被用得软塌塌的棕色地毯。哦，天哪，然后还得冒险穿过长长的走廊，盯着布告栏，寻找其他的新生（我不得不称呼她们为"新生",虽然心里满是不情愿),她们个个看起来都那么聪明、自信。其中有一个就从我前面的一辆出租车上下来,个子高高的,穿一件皮大衣,手里还提着一袋高尔夫球杆;另一个,我在面试时和她说过话,长着一双杏眼,穿着精致的小皮鞋,对某个女孩不屑一顾,说她是那种"会计算自己被多少个男人亲吻过的女孩"——但我也这么干过。奇怪的是,我的两个最好的朋友竟然是首先引起我关注并让我心生敬畏的人:一个是南,她因为不知道该如何处理父亲坚持送她的那些可怕的高尔夫球杆,害羞、胆怯得不知所措;另一个是玛格丽特,她给人的印象更接近于她自己想要营造的形象,但同时也像我一样,沉浸在爱情里。

我们接二连三地参加各种谈话,被告知要做什么,上什么课,谁讲课,讲什么内容,他们还发了几本学生手册让我们阅读。天啊,这么多限制!简直比中学还糟。从那之后,规定又做过修改,但在当时,它们似乎还是从我母亲那一代,也就是女孩必须由一个女性长辈陪着才能和男人喝茶的时代继承而来的,当然,没人告诉我们,很多规定其实早已无人理会了。

头一两天的情况和我之前担心的差不多,虽然我已经忙得顾不上想家。直到周末,乌云才散去。星期六,信箱里有一封电报正等着我:"明天十点飞来接你,穿骑马服,保罗。"

到了星期天,我穿着骑马服去吃早饭。"高傲"的南——她的皮大衣和高尔夫球杆仍然令她散发着那种气场——好心地为我留了个位置。但当我随口提起男朋友要飞来看我,我们还要一起骑马时,虽然我之前对南的印象有误,但比起此刻她对我产生的错误印象来说,根本不算什么——没过几天后,华丽的面具摘下,两个女孩才开始真正相识。

保罗曾试图通过去吉百利公司[1]上班取悦他父亲,但他实在无法忍受,几个月后就逃进了英国皇家空军,此时驻扎在林肯郡,不时能借飞机飞到阿宾顿降落,从那里再借一辆汽车开过来。我其实并不太想和他一起骑马,因为我一直看不上租来的马,而且,看他干自己不擅长的事,会让我觉得尴尬,他几乎不懂骑马。但是,他努力想要安排得让我如在家般自在,这深深地打动了我,就算要我一整天骑

---

[1] 吉百利(Cadbury),创立于1824年,英国历史最悠久的巧克力品牌之一,也是英国最大的巧克力生产商。

驴绕行骑马道[1]我也愿意。骑完马后，他说："我要带你去我最喜欢的地方。"于是我们驱车前往阿普尔顿，在那里，我第一次走进了北斗酒吧，被介绍给玛姬，二十年后，惊叫"天哪，你是保罗的女朋友"的，就是她。

玛姬有丈夫，大家都管他叫"老爹"，但他不是个很能干的人。很典型的例子就是，如果保罗在酒吧过夜，为了按时回格兰瑟姆上班，他必须在凌晨四点起床，这时候"老爹"就会测试闹钟，想确保没问题，却经常忘了再上回去。他常常微笑着冲客人点点头，然后就被掌管酒吧的妻子温柔地赶到后厨去了。她看起来更像个小木屋里的家庭主妇，而不是酒吧老板（尽管偶尔会带点健力士啤酒喝多了导致的宿醉），而且给人的印象是，开业时间就是派对的开始时间。她快乐、活泼，又慷慨大方，很喜欢那些在牛津读书时光顾她这家酒吧的积极进取的年轻人，把他们称为"她的男孩们"，在所有"她的男孩们"中，保罗似乎是最受她欢迎的。她总是为他找床位、借钱给他、替他说谎、责骂他、宠爱他、

---

[1] 骑马道（Rotten Row），是伦敦中心西敏寺海德公园的名胜之一。

给他好建议,还欢迎他的女人们,并且丝毫不让她们得知彼此的存在。她对我也很满意。

酒吧里又窄又暗,中间放着一张结实的桌子,沿墙放了一排木制高背椅。这里是夜晚开始的地方,或是午餐时间我们去喝酒的地方。但夜晚即将结束之时,人群就会分成两拨——普通顾客会一直待在酒吧,而更忠实的"常客"和贵宾则会移步到另一间小小的客厅,这里放着一架钢琴,正前面装饰着打褶丝绸,小小的空间里还摆着一大堆破旧家具,供我们随意落座。我第一次来北斗酒吧时,就是在这个客厅度过的,还在这里听到了"偷猎者"的歌声。

玛姬非常喜欢音乐,只要能从酒吧里抽身出来,她都会自己演奏。那天晚上,音乐会以大家都熟悉的《仙纳度》[1]《当爱尔兰的明眸微笑时》[2]之类的歌曲开始,随后是独唱。"偷猎者"就坐在角落里,帽檐拉得低低的,盖住了他通红的脸,当人们催促时,他挪了挪脚,对着杯子咧嘴笑了笑,看起来扭扭捏捏的,天知道之前他已经灌下去多少品脱酒。

---

[1] 知名美国民谣。
[2] 知名爱尔兰民谣。

然后，他踉跄着猛地站了起来。人们欢呼着，将他推搡到拥挤房屋的中间。他脱下帽子，对着它看了一会儿，又将它反扣在头上。随后，他故意夸张地摆出了唱歌的姿势：一只脚向前，膝盖弯曲，右臂僵硬地伸展在自己身前（我见过唯一摆出这个姿势的人，是乔治五世登基周年庆典上一个摆姿势拍照的王公）。椅子上每个人的身子都向前倾着，接着一阵低沉的嗡嗡声响起，我想："搞什么名堂，这个人根本就不会唱歌嘛！"随后我就听到了歌词，"偷猎者"所唱的，正是我外公那套邪恶的象牙色诗集里的"民谣"。

"他从哪儿弄来的？"我低声对保罗说。

"从他父亲那儿，他父亲又从自己的父亲那儿，就这样一代一代传下来的。从来没有人将这些歌写下来过。"

大家都回到了过去的时光，美丽的少女们去赶集，跌进了沟渠里，先是露出纤细的脚踝，然后是圆润的膝盖，然后是雪白的大腿，然后……一个磨坊主去磨坊查看自己的徒弟有没有装好麻袋，却发现他正在与自己的妻子厮混……天真的牧羊女问年轻的牧羊人，公羊正在做什么，为什么……有些歌则并不淫荡，而是充满了浪漫，比如一个得了相思病的女孩就像夜莺，把自己的胸口抵在令她痛苦的荆棘上。"偷猎者"一开始唱歌，其他人随即加入。他们都熟悉这些歌，也喜欢这些歌，不管是伤感的，还是淫秽的，只觉得它们是"古老的歌曲"，不是"现代爵士乐"，谁也不觉得自己还在唱的这些歌有什么奇怪之处。但我多年后再次见到玛姬时，"哦，亲爱的，"她对我说，"他们现在不再唱那些老歌了，再也不唱了，年轻人不喜欢这些，'偷猎者'也已经死了。"

整个晚上，我出神般默默地坐着，为保罗受到的家人般的问候而感到害羞，担心别人觉得我配不上他。我喝着我的半品脱啤酒，而他喝着一品脱啤酒，我观察着，聆听着，快乐像涨潮般悄然而至。后来我们开车去某个地方见一个名叫伯纳德的人——这是我第一次经历如此混乱的收尾时分，之后还会有很多次——清凉夜风吹在脸上是那样惬意，车门的把手奇怪地不在我以为的位置，计划要去的地方一次次在中途神秘地改变，最后到达了另一个地点。上楼时，保罗告诉我，伯纳德是个同性恋，但是个好小伙子，非常有意思。天哪，又一个第一次！我这辈子从来没和同性恋说过话。但很快，我就不仅在和同性恋说话，而且还和他一起躺在床上了，我紧挨在他和保罗之间，喝着威士忌——因为伯纳德正感冒躺在床上，而他的房间又非常冷。我正在生活！破土而出、非常快乐，醉醺醺地被人吻着，就在午夜门禁前两分钟，我被送回了学院——此时此刻，我已经知道自己会爱上牛津。

对我而言，在那个玩耍即生活的年纪，牛津的日子成了一场游戏。小动物们嬉戏、猛扑、跟踪、混为一团地摔跤，都是非常严肃的活动，是一种学习，如果缺乏这种学习，它们未来将无法作为成年动物而生存。对人类而言，这类游戏往往由于经济需求的限制而局限于儿童时期，在这段时期，人们会学到很多东西，但并非一切。牛津给我留下深刻印象的，就是它是这种学习和成长的完美场所，这一点并非我事后总结，而是当时就意识到了。我的一些朋友对它渐渐失去了耐心，觉得这种生活不真实，但我认为，如果能有三四年的时间，既可以享受成年人的优势，又无须承担任何责任，你还想要求什么呢？而且能有这么一整座城市，按照习俗，年轻人可以将它当作自己的地盘，自信地走过主街，如同走在自家的后花园，可以随心所欲地表现得傲慢和荒谬，比如在餐厅里装腔作势地大声说话惹恼他人，或参加聚会时随身携带一条草蛇，这类事情你在其他任何地方都不可能做得如此自然随性，但此时，你又正需要这么做。在你身后，是中学如监狱围墙般的束缚和家里令人沮丧挫败的亲密关系（当你以为自己很风趣时，就会有家人说"没人喜欢矫情的女孩"），在你前方，则是工作和婚姻中不可避免，但也未必不受欢迎的规矩约束。但此时，此刻，当下，正有机会可以随心所欲地思考、交谈和行动，在我看来，这无疑是一段无比灿烂的好时光。

要说我在牛津求学期间什么功课都没做，那确实夸张了一点。有些事情我无法逃避：每周要给导师交一篇论文；还要去上课，这种课比讲座更小型，也更具亲密感，上课的都是来自同一个学院的同级生，大家攻读的也是同一学科，一群人还会集体去某位教师的房间拜访。除非找到万无一失的理由，否则不可能旷课，但说到讲座，就很难知道你是否真正参加了。因为讲座是学校范围的事务，而不是学院事务，通常在学校的公共场所，或在发起讲座的学院礼堂里举行。我很快就得出一个结论：所有做讲座的老师都会针对自己的课程写书,而且一个人在阅读中的收获会比听讲座更多。当然,如果我真读了,那么这个结论确实不错,因为经常讲相同话题的人,对着一大群听众一遍遍再讲,真的没有比这更催眠的教导了。我在三年时间里大概听了六场讲座,每次去都会带上一支笔和几张纸,真诚地想要条理清晰地做做笔记,因为我常听人说,一切都取决于笔记。我经常记到第三点,也许是第三点的第一小点,接着纸上就会出现鳄鱼、马、帽子之类的图画,要么就是从膝盖上给玛格丽特传一张纸条:"那个红头发男人是不是在格里的派对上喝醉的那个?""不是,那人更胖。"

我选择读英语专业,是因为我觉得反正我平时也会出于兴趣去读书的。我之前确实已经读了不少,也满怀热情地写了不少交作业的小文章,虽然总是在最后一刻才写,而且写得太短,小短文给人的印象是聪明、热情。但天生的小聪明无法长久掩饰如此彻底的不用功,实际情况是,当涉及古英语这种需要广博知识储备的内容时,我的偷懒就暴露无遗。很快,每个学期开始时,德育导师都会给我一段训话,德育导师是负责一个学生整个大学期间一般事务的老师。我的德育老师是个娇小害羞的女人,非常机智,感情细腻,是个严谨的学者,非常认真地尊重别人的自由,极其不愿对人颐指气使。她会温柔地,几乎是谦恭地问我打算如何度过这个学期,"你应该争取拿一等学位,"在我大一时,她这么说,"如果拿不到,那就太可惜了。"到大二时变成了:"你应该争取拿个二等学位。"到了第三年,我们陷入了一种让彼此都极为尴尬痛苦的境地,她不得不鼓起勇气直言相告:"如果你继续这么频繁外出,参加表演,你就不可能有足够的学习时间来赶上进度,这样就无法避免悲剧发生了。排练太花时间了。恐怕我真的必须要求你认真考虑一下减少活动,比如放弃演艺活动,毕竟毕业考试马上就要到了。"

这些面谈令我生气、烦躁、不安,因为我知道自己做得不对,等愤怒平息下来之后,我又感到内疚,因为我让这样一位女士面临这么一个不愉快的任务,她原本是很乐意给予我欣赏和赞扬的。但这些心情丝毫没有影响我的行为,就连演艺活动我也一直很坚持,虽然我算不上演员,也不觉得自己是那块料。我只是喜欢有关表演的一切:在舞台上、在后台间,化妆、画布景,所有的气味、灯光和声响。

在某些方面,我或许还算聪明,但我天生就不爱学术,对此我无能为力。从正规教育层面而言,我从牛津收获到的,只不过是多读了几本书,这些书我要是不上牛津,或许不会读到(还除了拿到一个三等学位证书,但要是注定成绩糟糕的话,还不如拿个罕见的四等学位,听起来还带点潇洒),对此我很高兴,此外,就是对关于什么是"学术"有了一个模糊的大致概念。我能在别人身上辨认出学术素养,而对于那些拙劣模仿的假把式,我也会眉头紧皱。但如果这就是牛津给我的全部,或更确切地说,是我能从牛津学到的全部,那我可就太辜负父母和姨婆花的那一大笔钱了,真可谓回报少得惊人。

然而我相信,多亏了牛津大学赋予我的坚定恒心和适应能力,让我在后来经历了不快乐的二十年后,依然没有放弃对生活的热爱。我已经拥有了快乐的童年,以及天生平和的性格,再加上这三年几乎纯粹的享乐日子,这一切令我养成了一种积极面对生活的心态,否则,缺乏信仰、缺乏智慧、缺乏活力,以至于最终缺乏自信的我,可能早就消沉了。

一天夜里,在树荫下的黑暗中,小船正在河面静静地行驶,突然,船夫低声说:"看那边!"我将头转向河岸,只见三个赤身裸体的男孩在月光下疯狂地跳舞,没发出一点声息。

又一个在河上的夜晚,我们停泊在柳树树荫下的一个洞穴:远处传来音乐声,逐渐越来越近。我们停止了亲吻,另一个孤独的船夫从我们身边经过,根本没察觉到我们就在那里,他的船尾放着一台留声机,《图内拉的天鹅》[1]在深夜回荡。

一个十月的夜晚,在某人的房间,窗外的夜色逐渐变得深蓝。在遥远的那一边,有人吹起了军号演奏曲《最后的岗哨》[2],我们停止了交谈,那一刻,整个秋季,整个牛津,整个时光的流逝似乎都被卷入了一阵美妙的忧伤中。甚至在我父亲的葬礼上,当墓地响起《最后的岗哨》时,那乐声也将我带回了那个房间。

在第一段婚姻中幸福的人往往在第二段婚姻中也很幸福,因为他们习惯于陪伴和爱。同样,我在一个自己深爱的地方生活了那么久,所以也随时准备爱上另一个地方,正是因为贝克顿,牛津才对我

---

1 由芬兰著名音乐家西贝柳斯创作的一首交响曲。
2 英国军队使用的众多军号之一,于18世纪90年代开始流行。

意义重大。只要走出学院大门,即使只是为了买一管牙膏,我都会有意识地从看到的事物、听到的钟声,或闻到的气味中获取快乐。下课回宿舍时,我也会偏离最近的道路,选择特尔街、新学院巷、喜鹊巷,或其他我特别喜欢的街道,我喜欢独自漫步,没什么令我分神,尽情沉浸在这些街道和建筑之中。对我来说,这个地方仿佛会散发出什么气息,令我的皮肤也能有所感应。在牛津,如果发生了任何让我生气、厌烦或沮丧的事,如果我不开心、感到孤独或生自己的气,我总能在这些地方恢复过来。我在这里的最后一段时光,还经常会特意出去"沉浸其间"。

初来乍到时那个使我很沮丧的房间我并没有住很久。很快我就有机会搬进更好的宿舍,是老楼的一个房间,从里面望出去能看到一片修剪整洁的草坪,里面种着苹果树:我和南曾把这里称为"独角兽花园",因为它看上去就像挂毯上的花园。我那喜爱奢华的母亲来看我时,一眼就看出房间里那些深蓝色,以及难看的脸盆架,都令人难以忍受。带着既忐忑又兴奋的心情,我们匆忙出去购物,我选了贵得吓人的印花棉布做床罩和窗帘,还买了一个精致的柜子用来装洗漱用品，关上柜门，再在上面摆上一瓶玫瑰，看上去非常漂亮。再把书、画和瓷器都摆放好，那间屋子在我眼里立刻成为学院最迷人、最具成熟韵味的房间。从那天起，我就养成了一个习惯，那就是每星期把几乎一英镑的零花钱全用在买装饰性的花上。在经历了中学生活那令人讨厌的杂乱无章，以及家庭生活中虽令人愉快但同样不可避免的隐私侵犯后，拥有一间属于自己的房间既是一种新奇体验，也是一种安慰。因为觉得房间非常漂亮，我甚至能保持它的整洁：直到现在，我也只有对自己喜欢的房间才会这么做。

除了早晨女佣把我赶出房间的那段时间之外，我从来不使用公共休息室。每当那时，除非第二天要交文章必须写作业，否则我就会去拜访南或玛格丽特，又或者和朋友们去镇上喝杯咖啡。我们的社交生活听起来异常平淡，除了我和保罗的探险之外，不过是和别人一起喝咖啡、散步、划船、喝茶，大部分时间就是这些娱乐。偶尔会去酒吧聚会或参加雪利酒派对，但我们这些年轻人大多没什么钱，所以，尽管一瓶相当不错的雪利酒只需要七先令六便士，但通常情况下，我们仍然无法负担放纵的生活。

除了夏季学期结束时的纪念舞会之外,每八个星期里,我们跳舞的次数不超过两三次,而要去当时时髦的乔治饭店吃饭,则肯定是为了特殊事件。当然,保罗曾带我去过那里,但我的大学同学只会在追求异性的早期、需要"展示舞技"的阶段才会计划去那里。

尽管这些事听起来平淡无奇,实际上却非常令人狂热。因为在所有这些活动里,我们都在探索、创造、消磨着爱情。南、玛格丽特和我躺在彼此房间的床上,当然也会经常讨论书籍、政治、宗教和生命的意义,但更多的时候我们讨论的是人,而其中大部分是男人。

比如我们会在什么时候,和谁在一起时失去贞操?这是我们暗地里(有时甚至是公开地)盘算的事情。玛格丽特和我来到牛津时都有正式的男朋友,南也很快就订婚了,尽管时间还不长。由于我们都认同,这一严肃的步骤等同于将"伟大的爱情"盖棺定论,那我们应该都没有疑问才对——但我们确实有疑问。尽管并非每次都是如此,但大多数情况下,结识一个新男人,被他们邀请出去约会,深度地了解他,往往就意味着会被他拥抱;而有了这个拥抱，他将不再是泛泛之交，而会成为一个有待进一步了解的崭新的人。这些不断增加的约会在我们经验的矿坑中炸出新的井道，打开了有待探索的关系新篇章。

不久前，在一辆公共汽车上，我坐在两个女孩身后，听到其中一个严肃地说："麻烦在于，我开始觉得可以同时爱上两个人。"她的话让我立刻产生了疲惫不堪的共鸣。是的，这确实是麻烦所在。当你遇到的人都是不同的，都是鲜活真实的，尚未受到生活强加给他们的模式的明显损害，从而变得多疑、自虐、无聊透顶，或染上其他可能出现的不良习性——怎么可能不麻烦？我从不觉得自己会嫁给在牛津认识的任何一个男人，因为我要嫁的人是保罗，但这并不妨碍他们在某个瞬间对我的重要性甚至超过了"喜欢"该有的程度。当保罗离开我的视线，与其说是"眼不见，心不念"，不如说是被我藏在心灵深处的冷藏室里——而在那段时间里，其他的关系，无论是紧张的、愉快的还是痛苦的，都会蓬勃发展。最终，我们都选择了我们认为正确的道路：离开牛津后不久，玛格丽特就嫁给了她的爱人；南将结婚的决定推迟到自己年纪再大一些；而我最终也和保罗上了床。但是,到达这些站点之前,我们身后留下的是一条迂回曲折的痕迹,而且通常每学期一次,我会仅仅因为神经极度疲惫,就必须在床上整整躺一天。

在其中一段次要关系里,我几乎被困住了,当时到了一个阶段,我直截了当地对自己说:"我真的很爱他,甚至可以嫁给他。"即便我嘲笑自己竟然构想用婚姻当作孤注一掷的手段,却依然无法放手。因为他是我遇到的第一个让我因为最纯粹的身体和谐而感受到柔情的男人:我们两人在皮肤、骨头和神经层面的共鸣,就如同真正的性情相投一般罕见。只要看着他那瘦削的双手、耳后利落的头发、睫毛的弧度,还有鼻梁上的雀斑,我就会感到一股强烈的快乐,令我全身心沉浸其间。我非常清楚,他是个秉性平和温柔之人,有一种隐而不宣的正直性格,非常可爱,但他并不是我可以与之顺畅交流的人。我和其他人之间,或他和其他人之间,都可能会有思想交流,但我和他之间没有,我们之间有一堵高墙,如果结婚,肯定会是一场灾难。我们唯有一遍遍亲吻,以驱散这个认知。在某个夏季学期的最后,我们长期以来羞怯的亲昵举动达到了压力的临界点,他终于忍无可忍，我们大吵了一架，之后我下定决心，下学期要做的第一件事就是通过睡觉来与他建立更深的承诺。

整个假期我都在酝酿这个决定，越来越紧张，也越来越兴奋，我所不知道的是，他最后也酝酿了一个决定，但他得出的是相反的结论。他是个头脑冷静、原则高尚的年轻人，认为勾引一个他喜欢却不想娶的姑娘是自讨苦吃。我们再次见面时，我满怀炽热的期待，他却处于一种焦虑的清醒状态。我的一生里，再沉重的现实，也比不上那次见面令人痛苦的细节。为此，我已经写了一个故事，所以不打算在这里重复了。我只想说，痛苦、羞辱和失落感似乎真的难以忍受。

两天后，我发现自己再也无法忍受，于是写信给保罗。"亲爱的保罗，"我说，"我太痛苦了，简直想死。罗伯特不爱我。你能尽快来牛津吗？"

我收到了回信，信上告诉我，即使罗伯特不爱我，保罗也会爱我；告诉我，保罗"会不顾一切地想念你，到自己都无法承受的程度"；告诉我，"因为你活着"，所以不能停止爱和痛苦；告诉我，去读

《牛津韵文集》里拉尔夫·沃尔多·爱默生[1]的诗；还告诉我，他马上就来。

在他来牛津之前，我真的去读了拉尔夫·沃尔多·爱默生的诗，他一直是我看不上的诗人，但现在保罗让我去读，所传递的信息真让我哭笑不得：

> 为爱牺牲一切；
> 服从你的心；
> 朋友，亲戚，时日，名誉，
> 财产，计划，信用与灵感——
> 什么都不要拒绝。

> 它是一个勇敢的主人，
> 让它尽量发挥……

哦，亲爱的保罗！你选了一首多么糟糕的诗，又传递了一个多么美妙的信息啊！当我读到最后三行，尽管依然很痛苦，但还是没能忍住大笑：

---

[1] 拉尔夫·沃尔多·爱默生（Ralph Waldo Emerson），美国思想家、文学家、诗人。爱默生是确立美国文化精神的代表人物，是新英格兰超验主义最杰出的代言人。

要深知,
当半神离去,
诸神就会降临。

不管爱默生的诗想说什么,但保罗想说的我非常清楚。"哦,我的爱,"我想,"你可真是个自负的老东西。"

那封信给我的安慰,让我满怀的感激和爱,是我迄今为止对保罗怀有的所有爱恋情感中最成熟的一种。在这个学期快结束时,我和他一起住了三个晚上,就在他当年在牛津读书时发现的一处方便住宿的地方,下一个假期,我们就订了婚。

10

现实往往和预期不同。例如,我发现酒店里的客房服务总是从一个奇怪的时间开始。订婚后的那个周末,我们去诺丁汉度假,当时保罗的驻扎地距此不远,我就跟家人撒谎说是去他的指挥官家里过周末。每次,晚餐后刚一洗完餐具,我就发现吸尘器开始轰鸣。我原以为做爱之后，人总是会睡得特别沉，特别香，但现在发现，因为害怕打扰到身边的人，所以也有可能整夜睡不着，四肢不敢动弹，直到僵硬发麻。而我们拥抱时，大地也没有像欧内斯特·海明威所说的那样会在脚下移动。我早就知道，虽然保罗是个有魅力的男人，但对我来说并不特别有吸引力，因为他不是罗伯特那种会让我的每根神经都为其身体颤抖的人。完整的性爱也证实了这一点，和保罗做爱很舒服，也很愉快，但并没有身心合一的圆满兴奋之感。

我注意到这些与预期不同的地方，但并没有因此太烦恼，相反地，这种不同更让我感到有趣。它们不断地吸引着我，就像我第一次到异国他乡时对生活的诸多细节感到有趣一样，我非常自信，觉得没多久我就能应对一切。再过几个周末，我就应该可以翻身伸腿，不必再担心惊扰保罗的睡眠了；再过几个周末，我就能完全沉浸于我们的性爱之中了。我们在一起的短暂时光里，情况确实如此。他是个温和而善解人意的主导者，而且我们彼此非常了解，根本不存在什么拘谨或是保留。因此，我的信心有坚实的基础。

当我们告诉双方家长我们打算结婚时,他们既不惊讶也没有不悦,只是有点担心,我的家人觉得我太过年轻,他的家人则是因为了解他个性太过狂野。他们都说,一年靠四百英镑生活不容易,那个时代飞行员的工资就是这个数。他们不停地告诉我们,时间有的是。但我没看出还需要什么时间。我们已经商定,我不必缩短在牛津三年的学习时间——因为保罗也曾非常享受自己在牛津的日子,所以期望我也如此——但是,既然珍贵的最后一年结束时我们就要结婚,如同太阳升起般必然,那么为什么还要等待?

我非常想要那最后一年的自由,虽然觉得这种想法很自私,但这种安排确实正好合适。就在我们决定结婚后不久,保罗听说他将在年初被派往埃及,我们觉得他因此有时间先安定下来并熟悉自己在那里的工作,安排好我们即将展开的新生活,同时在我跟他会合前找到住所,总之是件好事。所以,尽管我在婚前也许不应该如此急切地渴望更多人、更多情感和更多冒险,但我也可以假装这种渴望没什么大不了。

现在回想起来,在我成长的那段时间,直到保罗动身前往埃及，我们之间的关系很奇妙：如果没有信件作为见证，我自己都几乎难以置信。在青春期那段漫长又似乎短暂的时光里，我一直是个等待被爱的恋人，而那之后很长（确实非常长）一段时间里，我再次回到这个角色，但在这两段时期之间，当一切都看似安顿好了之时，我是个自信的，甚至沾沾自喜的，正在被爱之人。保罗经常告诉我，他理解我希望继续在牛津读书的想法，他愿意让我放纵，但在这些慷慨的姿态后，他又会跟我说起他的噩梦，说他梦见我和罗伯特一起在街道上走远，于是给我写下一个潦草、悲惨的字条："我知道我说过不介意，但是我介意，我真的无法控制。"我们会在玛姬家酒吧度过一个美好的下午，再一起去河边草地上躺几个小时，然后无所事事地回到酒吧继续喝酒闲聊。但突然间，我会醉醺醺地对他大发脾气，指责他占有欲强，或他会逼我决定下次见面的时间，我却冷冷地回答说我无法确定，因为我必须去见某某，必须和某某一起参加舞会。我不是故意耍脾气，只是觉得我们即将度过一生，在这一生中，保罗肯定会对我不忠，而我无法想象自己会对他不忠——所以趁我仍然有时间，也应该再玩一玩。

因为我非常了解他,毫无疑问,我知道他会不忠。在我们订婚前的很长一段时间里,他都会向我报告他的艳遇,起初我对他选择信任我又惊叹又自豪,后来又增添了一份安全感。其中一段是"非常华丽、具有异国情调的时光,但后来逐渐变得难以消化,就好像面对一顿美味丰盛的水果蛋糕盛宴。我无法形容当我恢复理智,回到你身边时的感觉有多好"。那是我十七岁左右的事,虽然被对比成普通而有益健康的食物令我有点啼笑皆非,但他告诉了我这件事,我还是觉得很受用。后来这类事情不再有了,但即便我们开始有了肌肤之亲,我也曾见到他以眼神回应其他女人抛来的媚眼,所以对于他信誓旦旦宣称余生会对我绝对忠诚,我可不像他自己那么深信不疑。要保罗心满意足地停止探索新鲜事物,还需要很长一段时间吧。

在订婚之后,有一次,我们一起坐出租车去北斗酒吧,因宿醉未醒,我们的脾气都很暴躁,所以最后一英里打发了出租车,打算步行过去。那是一个冬日,灰色的低空笼罩在褐色的平坦田野上,不时有鸫鸟掠过。保罗看着鸟儿,我看着他。之前,我刚注意到他和一个女孩互换了媚眼。我觉得非常难过，他竟然在我在场时就和一个姑娘调情，他向我忏悔了，态度格外温柔，他感到内疚时总是这样。我当时想，在很长一段时间内应该都不会有什么事了。他不会爱上她们中的任何一个，他总是会回到我身边的。但我最好还是面对这样一个事实：当我老了，比如三十岁时，那我就将面临地狱——镜子里似乎已经浮现出瘦削的脖子和花白的头发。我想，那时他依然处于鼎盛时期，我就得学着更聪明一点了，以防他在这些悄悄靠近的姑娘中找到真爱。

我知道这个问题是存在的，但当时并没有太担心。我确信尽管如此，我还是被爱着的，我自己也能看到这一点，因为我也有把保罗看成是一顿"普通而有益健康的食物"的时刻，他对这个角色的忧虑比我还严重。也许在不知不觉中，这一点导致了我们订婚后我的态度变得有点儿随意。

不管情况是否如此，没过几个月，我这种态度就使他卑躬屈膝，也使我对他的感情进入了一个新阶段。看到无忧无虑的保罗如此痛苦，我开始明白，即使是像他那样了解我的人，也可能会被我的行为搞糊涂。如果要他像我一样理所当然地认定我对他的爱,我就必须更清楚地表达出来,我也确实这样做了。预期中的一年离别很快就成了现实,而牺牲我一直坚持的那点小自由、小独立也变得更容易了起来。"感谢上帝,"他从船上给我这样写信道,"在我离开之前,你让我相信你爱我和我爱你一样多。我再也不会怀疑了。"

保罗的赴任前假期结束时,恰逢我的新学期开始。我们一起去克劳奇河畔伯纳姆航行了一个星期,我在伍尔沃斯买的结婚戒指泡在海水里都变得晦暗了,我们又有了一种前所未有的放松又美妙的亲密关系。之后我去伦敦,与他的家人住在一起。我们在一起的最后一个晚上很糟糕,喝得太多,做爱也不成功,因为不开心,我变得冷漠、僵硬,保罗也变得很粗暴。后来他哭了,我却想不出该说什么来安慰他,我自己也哭不出来。第二天早上,他在帕丁顿为我送行时,我哭了,这次是他说不出话来。他的父母,我的父母,我们所有朋友之前都说过:"没关系,一年真的不是很长。"现在保罗又提到了这个问题。"爸爸告诉我,他等了妈妈四年。"他隔着火车窗户对我说。我啜泣起来:"我不管,一年就是永远。"火车驶出后,我想去盥洗室待着,不让别人看到我脸上的眼泪,但同时也意识到,如果我沉浸在只有自己的空间里,恐怕永远也无法停止流泪。于是,我站在走廊上,面朝盥洗室的门,就这么和泪水斗争着,这样从我身边挤过去的乘客就看不到我的脸了。

如果真的就这样别离,那真的是最可怕的告别了。但他出航前又去格兰瑟姆待了几天,让我们的分离有了个反转。他没有事先告知,而是设法弄到一天假,飞到了阿宾顿,突然出现在了牛津。我们在接待客人的小房间里紧紧拥抱在了一起,意识到一切又变得顺利自然了:告别好好地完成了,我们又在一起了。我们去了玛姬那里,一整天都很开心。他离开时,似乎一切都没什么特别的。一年又变成了仅仅是一年而已。等到了埃及,我打算骑一匹白色的阿拉伯牡马,后面还要跟着一条白色萨路基猎犬。我们将有四个孩子,保罗一直很想要孩子,因为他认为,无论以什么形式,创造才是活着的正当理由,因此,对于我们这样不会写作、绘画或作曲的人来说,就只能生孩子了。那时我还没什么母性感觉,但我相信,一旦有了孩子,我一定会喜欢的。"我期望你改变主意,比你预想的更早到我身边。"

保罗这么说。我回答:"我也希望如此。"

因此,牛津成了等待之地。斑驳的石头,河面上的蓝雾,通往学院的道路上,金链花如瀑布般垂落在花园的墙上,墙后传来的紫罗兰和玫瑰的香气,窗外传来的叫声,还有友谊中那些迷人的琐碎之事,所有这一切,现在都突然显现出一种超越我原先想象的深刻价值。即便爱也还在继续,但我已对保罗忠心不二,令这种爱也变得有些不同。一旦贞操这个一直困扰我的问题得到解决,性的迷雾稍稍退去,我对情感、耐心、温柔和理解就看得更清楚,我感激地,甚至贪婪地接受着一切,因为在等待保罗来信期间,这些东西能让我感到温暖。也许,那时我更喜欢牛津了,因为知道我的"真实"生活已经存在,至少有一半,已经在埃及展开。

想到要成为"皇家空军的妻子",我感到既紧张又骄傲。其他人的妻子,我敢肯定,只知道聊她们的仆人,每天下午都会打桥牌。但我决定做个叛逆又特立独行的妻子,保罗的来信也表明这似乎并不困难。他对我报告说,驻地里其他人都不和埃及人交往,也不吃埃及食物,"他们可能是老顽固,每个人都是。"他这么说。但他自己，到了开罗不过一周，就已经在各种阿拉伯夜总会四处串门，享受美食，并在三周内就成为一个阿拉伯乡村婚礼上的贵宾了。他描写埃及时，带着一种旅游者的兴味，很容易被其中有趣或滑稽的事情吸引，虽说算不上是一种特别深刻或有见地的视角，但也是一种开放且乐于接纳的态度。他描述了驾驶单桅帆船航行时遇到的问题；那匹白色的阿拉伯牡马就要成为现实了，因为邻村有个人知道哪里能买到最好的；我们会骑马深入沙漠，在野外露营，会遇到游牧民族。似乎很有可能等我到达时，他的"阿拉伯技巧"就已经和他的"酒吧技巧"一样好了。他说，皇家空军的妻子们并不像我想象的那么坏，她们很善良，乐于助人，但我们会比她们过得更快乐，因为对我们来说，俱乐部、游泳池和桥牌桌旁的狭小圈子是不够的。

他还为我们的未来做了预算，这件事我们之前谁都没做过，他证明了我们可以用二十四英镑生活一个月，包括带家具的房子，一个仆人，一辆车，很多喝的东西（"请注意，少于二十四英镑应该也能生活，但钱多一点生活会更有趣"）。"我们的婚姻生活是不可能无聊、悲观的。"他如此写道,"平常日子里,当我们没什么特别安排的时候,我们的一天会是这样的:我会在早上五点半起床,开车去营地上班;七点半回来吃早餐,那时你应该已经起床,很可能也已经骑着白色阿拉伯马,带着萨路基猎犬跑过一圈了;上午八点半到十二点半,我去工作、飞行,你开车去开罗购物,在盖兹拉运动俱乐部泡澡,让一些可爱的法国人奉承你;中午十二点半,两人都回家吃午饭;下午一点半到五点半,整个埃及都处于一百零五华氏度[1]的高温下,人们在阴凉处睡觉,多么温暖、干燥、充满活力的高温!下午五点半到六点半,喝茶、吃烤面包、洗澡、穿着宽松的袍子闲逛;晚上七点,和朋友们一起喝酒;晚上八点半,在开罗用餐、跳舞,看歌舞表演;凌晨两点,上床。"我在心里把一半的购物时间换成了阅读时间,我不得不承认,这种可悲的无所事事的生活,只要和保罗在一起,也会成为我的理想生活。我总是知道保罗的信什么时候会到。早晨还没睁开眼,我体内的某种东西就仿佛能嗅出空气中的不同,然

---

[1] 约 40.6 摄氏度。

后我就知道了。他总是写得很好,写得很长,但并不常常写,所以无数个早晨我都慵懒倦怠,努力制止自己把脸埋进枕头里接着睡。然后又到了某个早晨,我起床时什么也没想,只是努力慢慢地、平静地穿衣服,告诉自己不要奔跑着下楼,不要太激动,以防我感觉错了,但我的感觉从来没错过。

当希特勒入侵捷克斯洛伐克时,我意识到自己是个傻瓜。在战争开始前,我们只有深吸一口气的时间,所以我写信给保罗,告诉他我确实改变主意了,准备立即去找他。他高兴地回了信,但他的信刚到,紧接着就来了一封电报,说他被调到当时正处于紧急状态的外约旦[1]去了,我们必须重新考虑年底结婚的计划。他被调走后,我又收到过他两封充满爱意的长信,然后就再也没有收到他的消息。两年后,我收到一封正式来信,要求解除与我的婚约,因为他要娶别人了。

---

[1] 指今日约旦河东岸的约旦地区的合称。在第一次世界大战之后,外约旦成了英国的托管地。到第二次世界大战之后,以色列立国,外约旦改名为约旦。

11

那种接近于身体的痛苦——仿佛一根手指被压在门缝里,或一个钻头钻进牙齿一般——那样的痛苦,其实并非发生在我以为他不再爱我的时候,而是发生在我不断自问,他为什么甚至不肯写信告诉我他不再爱我的那段时光。如果只是几星期的沉默,那似乎不过是惯常的懒散;如果是几个月的沉默,那无非是他全神贯注于自己的工作和新环境的缘故,因为这两件事他都曾兴致勃勃地描述过。我不停编造类似的借口,但他沉默的时间之久令所有超然的旁观者都无法接受。面对母亲和朋友们体贴入微的沉默和担心的神情,我惊慌失措,视而不见。我还记得他在第三封信(也就是最后一封信)中说的话:"不要减少给我写信的次数。我知道我不配,但在这里写信太难了,而且我写得也不好,所以如果你没有经常收到我的信,一定不要以为我没有想着你。我无时无刻不在想你,但如果你不给我写信,我会死。"于是我继续写信,在没有收到回信时,也尽量不去抱怨。但过了一段时间,我的信就变成了不由自主的恳求,然后是令人羞耻的哀求,紧接着是虚张声势的威胁。在我沉默（已经不记得是多久之后的事了）之前，我已经放弃了所有体谅、策略或自尊的努力，我已经尽可能坦率地告诉了他沉默对我的影响，而他的沉默，仍在继续。

如果他写信说"我因为某某原因不再想娶你，不再爱你了"，我可能会因悲痛和失去这段感情而震惊，但在某种意义上，我依然能理解，并且接受。可那个爱过我的保罗，那个了解我一切感受的他，竟然把我的存在彻底抹杀了……我完全不能相信，不觉得这是他会干出来的事。

直到许多年以后，我才明白事情的原委，不用说，一段风流韵事而已，尽管不是和他后来要娶的姑娘。他那些罪恶感像滚雪球一样越滚越大，当它们积累到一定程度时，已经无论如何也无法消除了，任何行动都显得没有说服力，那么此时，遗忘就成了唯一简单的答案。保罗一向不善于做他不喜欢的事，所以一开始，他一定觉得自己总有一天能解释清楚，到了后来，又觉得太晚了。于是他关闭了自己的想象力，选择了欺骗。

如果我没这么了解他，整件事情也可能会很快过去，我会把他当作一个纯粹的混蛋一笔勾销，放弃所有念想，最终被治愈。但有两件事阻止了这一切。一件是大多数人在这种情况下都会有的反应，那就是，如果你接受了自己所爱的对象并不值得爱这个可怕的事实，那么必然的推论是，你的爱本身也不可信，因此过去所有的美好都被反向毒化了。另一件则是一个显而易见的事实，那就是保罗并不是个纯粹的混蛋。在我迄今为止的短短人生里，认识他这么长的时间，我和他一起成长，爱过他，在经历了最初那段孩子气的迷恋之后，我对他的爱是那种伴随着理解而非幻想的爱，我没办法把他想得很不堪。他是个被宠坏的年轻人，活在当下，我一直都知道，无论他在哪里，他的"当下"就在哪里。他的天性不像我，我是空悬在过去和未来之间的。所以，尽管在很多时候我被这极致的痛苦逼到无路可退——明明知道正在发生的、正在做的事太过痛苦，痛到无法承受，但按照逻辑，既然如此，那就不用承受了，但就是没办法实现——夜复一夜，尽管我长久地在怀疑、愤怒以及自怜的沼泽中挣扎，但我总是回到"我们的关系对他而言已经变得不再真实，这并不是保罗的错"这个结论中。

想到这一点，我便不会放弃。我确信，等他回到英国，我将再次成为他的"当下"。大概在他沉默了十八个月后的某一天，我的一个表妹告诉我，她认识的一个男人在某个大家都喝得醉醺醺的聚会上遇到过保罗，在巴勒斯坦的什么地方，当保罗得知这个人知道贝克顿，略微认识我和我的家人时，他突然泪流满面（他喝醉时很容易哭）。他哭着说自己是个没用的畜生，说我是他唯一真正爱的女人。我觉得表妹把这个情况告诉我有点冒险，因为可能会导致我怀抱不切实际的希望，但事实上没什么危害，因为我本来就抱着这种希望。我只是把这个信息看作我已有想法的一种印证，如果保罗和我再次见面——当然我知道很可能不会再见面了，但如果再见面的话——就有可能克服所发生的一切。他留在我记忆里的形象，有一个尤其深刻，那是在一间挤满了人的房间，他穿过人群来给我点烟，我们眼神相遇的片刻，我感觉到自己目光的改变，也能看到他的瞳孔在会心一闪之间，从棕色变成了金色。不管这段时间发生了什么，我都深信，只要我们再见面，那个眼神相遇的瞬间就会回来，只要我还是我，保罗还是保罗，我们就不可能和过去不同。

如果战争没有阻止他返回，这一切也许会发生。

但随后，他被切断了与我们的联系。作为飞行员，驾驶着轰炸机，他明白一个冰冷的事实，那就是自己能活着回来的概率微乎其微。那时，英国及其相关的一切一定已经变得非常遥远，他如此爱着自己失落的家园、失去的生活，在遇到一个能给予他温暖和确定性的女孩并娶了她之前，谁知道又经历了怎样孤独的寒冷时光。他在自己的儿子出生前就死了，但至少知道他们将有个孩子。如今，想到那个女孩曾经存在过，我可以很自然地心存感激（我很高兴她现在已经再婚了），但当时……

又过了两年，我才收到他的最后一封信，信中正式要求"解除"我们的婚约，这对我来说太残酷，以至于我至今都没法相信这是保罗写的。这封信的残酷之处不在于它的内容，而是它的措辞。信里使用的措辞是男人对可能起诉他们毁约（除非一切都已"解决完毕"）的女人使用的措辞。保罗以这样的方式给我写信，就好像强行擦除了我们共度的岁月在他脑海里的那一半记忆。现在我理解，他那种语气是出于内疚和尴尬。保罗不可能把我当成会做出那种事的女人，就如同我也不可能把他看成卑鄙或怀有恶意的人一样。但是，当我母亲在某天清晨沉默地把这封信带到我面前,我看出信中所暗示的自己在保罗记忆中的样子时,还在床上的身体立刻变得冰冷无力。我扔掉那张可怕的纸,心里想着,好吧,不管怎样,现在都结束了。然而凄凉之处在于,我虽然这么想,心里却明白并非如此。我的脑海里浮现出这样一幅画面:一座悬在两座高塔之间的长桥,其中一座高塔已经被撞倒,所以桥肯定会倒塌,然而它并没有塌掉,只是毫无意义地、荒谬地延伸进了茫茫空间。

痛苦带来的屈辱令人作呕。我要是当时保持沉默就好了!但我在回信的短笺中,还是忍不住写下了那些哀怨、痛苦的话语:"我希望你永远不要让她像我这样不幸福。"为此,我真是前所未有地羞愧。这就是我所厌恶的那种痛苦所导致的后果:把自己变成一副可鄙的样子。这是我需要挣脱的,因此,多年来,一想到自己无论何时都始终清楚事情的真相,也从来没有发自心底地认为保罗在所发生的事情中"有罪",我就感到欣慰。但现在,我也不确定这是不是一件好事了。

保罗并不比任何人更"有罪",因为所有人都可能不时犯下不可饶恕的罪行,但如果我当时任由自己觉得他有罪,那么我相信,他抛弃我对我产生的影响可能不会那么深远。因为如果把罪责都推到他身上,我或许还能保持对自己的信心。但事实上,一想到自己可能变得乖戾和自怜,我就害怕,因此,我不能允许自己认为这种情况是因为他的错,甚至进一步把"错"归咎于自己。"为什么我不在他身边,他还要继续爱我?"我开始忧郁地问自己,"他没能做到这一点,证明了我无权期待这种事情发生。"在空虚、沉重的白天过后,痛苦在夜晚慢慢堆积,我便用这个想法把它们敲下去。

这种漫长而单调的痛苦使人精疲力竭,仿佛一种稀薄又难闻的酸性液体代替了血液。在那些日子里,我凝视着镜中的自己,觉得似乎还和往常一样:肤色正常,骨肉充足,头发闪亮。但也有证据说明我变了。我开心的时候,人们会注意到我,选择我做伙伴,和我一起欢笑,还会试着向我示爱。但我不再开心时,这些情况全都改变了,他们看到我身上的一些东西,于是避开了我。我记得我一直这么告诉自己,这些全是主观感受,是我不回应别人,因为他们身上没有保罗的品质,所以和人缺乏关联是我造成的,不是他们。我告诉自己,是自怜在我的想象里发挥了作用。我去参加聚会之前,会试图说服自己,只要我想,我就可以玩得开心,就不会再一边说着空洞的话,一边眼神四处游离,寻找着别人的目光。我敢肯定,没人会认为我有病,为什么会有人这么想呢?然而,那可怕的时光里最可怕的时刻却不是想象出来的。

我们家有个朋友特别有魅力,有点放荡不羁,年龄更接近我父母那一代,要不是我心里已经有了别人,我很可能会爱上他。因为他刚好是那种很容易让人倾心的人:身材高高瘦瘦,脸孔英俊精致,他曾浪漫地周游世界,在满是鹦鹉和红树林沼泽的热带骑着野马,坐着不定期轮船航行,却不知怎么回事把身体搞垮了(谁知道原因呢?)。我承认他有点魅力,但对他并不太热情,我妹妹却不同,她比我小五岁,觉得他非常有魅力,对他几乎是一种对英雄的崇拜,而他看到一个漂亮孩子正成长为可爱的姑娘,觉得这种崇拜很有意思,便常常和她调情。她喜欢写日记,一打接一打地写满厚厚的笔记本,封面上还会写上"秘密"两个字,然后就把日记本随意地放在卧室里——这样一来,她的私生活就再也不会如她所期望的那样私密了。我相信母亲已经把那些日记从头到尾读过,我也不时翻看,半是好笑,半是同情。我妹妹对这个男人的热情,以及他那顽皮但无害的回应,全都被她忠实地记录了下来。

有一次,他开车从一个聚会送她回家,到家后,他拉着她的手一起在车里坐了几分钟,她头晕目眩地期待着,以为他打算吻她了,他却没有这么做。"他告诉我,虽然他很想,却不打算吻我。他说我肯定会长成一个迷人的女人,但我不能太早开始做这种事,否则会把我毁了的。看看戴安娜,他说,你不会想落到她那般地步的。我当然不想。"

读到这些文字时的那种瑟缩之感,我至今仍然不敢回忆。我甚至无法对他们的自以为是和不公表示愤慨,也无法去质问人们的误解。他们觉得,之所以"落到戴安娜那般地步"是因为过早陷入爱情,而不是因为失去爱情的痛苦。我带着一种羞耻的卑微之感看到了自己在别人眼中的病态,即我的痛苦不是不幸,而是污点。在内心深处,我一定想杀了妹妹,但在现实里,我所意识到的仅仅是一种带着战栗的认同,正所谓"童言无忌"……尽管她本来就很漂亮、充满活力,但在那之后的很多年里,我都觉得她越发漂亮、更有活力了,而且我愿意屈居她之下,为她的成功而欣喜,为她的悲伤而烦恼,就像一个模范姐姐那样。这不是件坏事,因为她有充分的理由让人钦佩和喜爱,只不过这里面还掺杂了几分虚伪的成分:我是在过度补偿自己因为她那天真、无聊的攻击所留下的怨恨。

那之后的一段日子,也就是战争爆发后的第一个五月,我应邀到布罗德河进行为期一周的航行。计划一行六人,包括邀请我参加的年轻医生休,与一个漂亮表妹搭档;一对已订婚的情侣,我很喜欢他俩;还有休的一个朋友,与我搭档。姑娘们都睡在船上,男人们则睡在岸上的帐篷里。我们都知道,只要战争还没有成为眼前的"现实",我们就必须抓紧每一周享乐。当时布罗德河还没有因为防御关闭,但已经开始驱赶人群了,因此我们看到的布罗德河和往常很不一样,没有摩托艇,没有游艇,也没有野餐的人群。天气好得出奇,就像田园诗里的春天。被邀请时,我心里振作了一点。我喜欢出航,休一定也很希望我和他们一起去,否则就不会邀请我了。也许我终于能享受些什么,足以打破障碍,重新回到生活中来。

但出发前两天,休打来电话,说和我搭档的那个人来不了了,因为他的假期被取消了。他们担心这会让我觉得有些无聊,但还是期望我参加,因为是不是双人聚会并不重要。我似乎预感到了什么,但还是去了。

的确,在大部分时间,是不是双人并不重要。我们忙着航行,忙着晒太阳,忙着准备稀奇古怪的饭菜,大家都在享受这片陌生的水域,在狭窄的水道穿行,悄悄地来到宽阔的河面上,这里除了蹼鸡、鹧鹆和野鸭,什么也没有。一个人也没有。我们仿佛回到了一个原始的、从未被涉足的国度。休和那对订婚的情侣都知道保罗已经沉默很久的事情,对我很友好,很欢迎,尽最大努力让我高兴起来。但他们是订了婚的一对儿,而我的小表妹正狂热地爱着休。她本没有任何理由嫉妒休对我的和蔼可亲,但她确实嫉妒。休呢,尽管还没有深深地陷入与她的爱情,却被她感动,于是只能温柔地把她当作自己的爱人。傍晚时分,当我们和便携煤油炉斗争完毕,吃完晚餐,月亮升到芦苇丛的上空,这两对情侣必然会黏在一起。

订了婚的一对儿把小船划开,在光滑漆黑的水面上留下一道道不规则的银色波纹。休、小表妹和我洗完餐具，就坐在甲板上低声交谈，这时，我感到一阵紧张。风景呈现出某种令人痛苦的美丽，苇莺（保罗一定知道这是不是苇莺）像夜莺一样唱出一串串小曲，而麻鸦那不可思议的鸣叫，更像是某种古老怪物的吼叫，让我的脊背发凉。过了一会儿，这一对儿想要独处的心思迫使我站了起来，"我知道我要干什么了，"我说，那可怜的卑微让我的声音更大了一点，"我要出去走走，看看能不能靠近那只麻鸦。"休做出一副问表妹是不是也想去的样子，她也假意考虑了一番，又做出一副太累了，所以决定不去的样子。

于是我独自在一丛丛沼泽草丛中漫步，我并没有哭。我试图让自己的感官完全张开，沉浸在美丽景色之中，品味这少有的夜晚——我一定在某种程度上做到了，因为现在回忆起那个星期，当时的美丽景色依然鲜明地留存在我的脑海。但只有瑜伽修行者才能一直保持那个状态吧，我却必须面对真相。这件事发生在我听说保罗结婚之前，此时，我相信他会回来的信念已经降到最低，这个信念与其说是相信他会回来，不如说是相信如果他回来，一切就会变好。在这个月圆之夜，我不得不抛开这种信念。

那天晚上，天上没有云，只有风。风在月亮和平原之间奔流，吹弯了芦苇林，在陆地与水域交融之处，芦苇像一片森林，风平稳而持续地吹着，几乎没让它们沙沙作响，同样无情的气流似乎流淌过我的空虚。就在布罗德河面，那订婚的一对儿肯定正窃窃私语，时而发出笑声；在船舱里，休和表妹会紧紧拥抱、亲吻。而我站在月光下，站在风里，知道自己处于绝对的孤独之中。这绝对之感如此清晰，我一时间竟觉得自己已然是一具尸骨，正躺在某个地方，就像保罗不久后将要躺着的那样，等着被大自然挑拣得干干净净。

这是一种无法逃避的强烈感觉，必须接受，"就是这样，"我想，"就是这么回事。"我带着麻木和疲惫认识到，这其实可以忍受，如果这也忍受得了，那还有什么不可以忍受？大约过了一个小时，我回到船上，发现其他人已经聚在一起，正在泡茶。休伸出手，在几近漆黑的船舱里握了握我的手，对此我至今仍心存感激。从那时起，我在克制自怜方面有了更大的进步，情况也没有以前那么糟糕了，至少我是这么认为的。但也许正是那次彻底接受现实的经历，给我此后漫长人生中的孤独盖上了印章。

在十九岁时恋爱、订婚,二十二岁时被解除婚约,这些并不是致命的:虽然失去爱人,失去工作(因为当时家庭就是女人的工作,就仿佛她被训练成一名医生,却没有行医的机会),却仍然年轻。"你还很年轻,"我曾对自己这么说,"在这个年纪就觉得生活被毁了,简直荒唐可笑。无论看起来多么不可能,但总会有人取代保罗的位置。"当然,这件事也自然而然地发生了。我的自我劝诫没有考虑到的是,由于丧失了自信心,我的性格发生了变化。

为什么我在与男人交往的过程中,对自我价值的认知会如此彻底地崩溃?我有时会想,是不是父亲在我童年时代所占分量太少导致的呢?在我记事之前,我是否曾经像一般的小女孩那样想要爱上自己的父亲呢?我是否曾因他的冷漠而心灰意冷,因此产生了一种总是预料到会被拒绝的倾向呢?应该有些道理吧,因为这是令人信服的教科书所提供的解释,但对我来说,有点太过简单。

不管原因是什么,我身上一定有某种缺陷,在被保罗抛弃的冲击下,这种缺陷暴露无遗,并贯穿了此后我与其他男人的所有关系,直到我相信这些关系走到了尽头。爱情仍然占据了我大部分的注意力，但详细地描述别的艳遇会非常乏味，因为它们大多遵循同一模式。我只能在一段我明知微不足道的关系中感到自在。如果我严肃地爱上了某人，就会怀抱一种对灾难的宿命期待，灾难果然会随之而来。在我三十多岁时，我确信自己缺少一些能激发他人爱意的关键素质，而快四十岁时，我才开始看到这样一种可能性：我可能不是缺少这些素质，而是一直在压抑这些素质。我那深深的"不幸"——无法让我爱的人也爱我——可能源于我自己的某种态度，这种态度来自我下意识里把爱等同于痛苦。

我曾两次爱上过已婚男人，第一次是在保罗结婚后不久。那感觉就好像是猛地活了过来，但我从一开始就意识到那是"没有希望的"，因为当他说"爱"的时候，他所指的和我所理解的并非同一个意思，我越意识到这一点，就越是暗自沉湎于此。他几乎重复了保罗的模式：消失不见，写几封信，然后便音信全无——这种类似一定是偶然的，但尽管这第二次打击落在同一个地方，让我痛苦不堪，却也并不令我意外。从我意识到这是个"真正"的人，而非一个"不是保罗"的人起,我就在等待这一刻。对这个男人和我的第二个已婚情人,我自以为没有强迫他们离开自己的妻子是一种无私和公正。正因为他们对妻子的爱,所以无法充分享受和我在一起,对此我很尊重。对这两个人,我持有这样一种看法,就是如果他们会因为我去破坏自己存在已久的婚姻,那么我也不会有多爱他们,从表面上看,这种态度或许值得尊重,但现在看来,同时也颇值得怀疑。我渴望活着的感觉,所以我渴望去爱——但事实上,我真的渴望这两个特定男人或第三个男人的陪伴吗?另外那个男人虽然未婚,却并没有爱上我,他对我有所保留的态度,令我对他的感情从一种饶有趣味的被吸引变成了痴迷,所以虽然我没有爱上他,但或许当时我就像在跳崖一样危险。我一直逃避"占有"这个概念,从不试图把人们塑造成我期望的样子,因此我对自己一直很满意,我认为这是一种美德。在某种程度上看或许确实如此,但我现在怀疑这种美德有另外一面,那就是如果我不紧紧抓住人,那我就只能紧紧抓住情感,而这么多年来,我能想象的最强烈的情感就是痛苦。

12

"当然了,对你这样的职业女性来说不一样……"

我的上帝!我这么想着,并打算抗议。但是,一个三十多岁,没有丈夫但有一份工作的女人,如果不是职业女性,又算什么呢?我还记得十二岁时,我和朋友贝蒂一起读过一本蓝色封皮的书,那本书里列了很多问题,还留好了写答案的空白处。比如你最喜欢的小说人物是谁?你最喜欢的食物是什么?你的志向是什么?贝蒂当时写的志向是成为一名伟大的女演员,我写的是,"嫁给一个我爱且爱我的男人"。我从来没有改变过这个想法,现在依然如此,只不过还没有实现。所以,我看上去就是个职业女性,对此我又能怎么办?

在牛津期间以及刚毕业的时候,我对职业的看法非常幼稚,我的家人也一样。令人惊讶的是,我们所认识的职业女性如此之少,除了我母亲的未婚姐姐之外,几乎不认识其他人。那位姨妈曾是医院的一名救济品分发员,因为我外公去世,她被硬生生叫回家和外婆一起生活。有时我们也会听说某某的女儿,"一个非常聪明的姑娘",在"外交部有一份很棒的工作",或"在《曼彻斯特卫报》做得不错"。我们会非常羡慕,但仅仅因为这个女孩从事了这样一份工作,她就仿佛脱离了我们的圈子,看上去完全是另一种人了。我从没怀疑过我想要从事的工作是与文学、绘画或戏剧相关的,但这类工作似乎远远超出了我的能力范围。我对自己的能力抱着非常谦逊的态度,在这方面,我缺乏年轻人应有的自大。懒惰、任性的我,仅仅在作为女性这个身份时才显得生机勃勃,而一旦在这个身份上受到伤害,面对现实时,我就变得非常枯燥。(既然我一向相信真相即良药,所以这本应是个令人振奋的时刻,但感觉并非如此,这个真相徒然令人悲伤。)

因此,我没什么狂野而鼓舞人心的抱负,只是模糊地想,我可能想成为一名记者,因为我喜欢写信、写文章;或者也可能想成为一名图书管理员,因为我喜欢读书。然而,我没读几份报纸就已经发现,我想当记者的想法很可能不靠谱,因此战争开始时,我正三心二意地计划着成为图书管理员呢。

战争开始了。我和妹妹坐在农场餐厅的地板上,往麻袋里填充细而多刺的谷壳,准备给从伦敦来的难民做床垫,一边听着收音机里张伯伦宣布的消息,一边咽着眼泪(我不记得有哪个难民真的睡在过这些紧急床垫上,他们中的大多数人很快就一窝蜂地返回伦敦了,速度之快就好像他们从来没离开过一样)。

我不再摆出和平主义者的样子了。战争一旦爆发,再去做反对它的姿态,就好像做出反对地震或飓风的姿态一样荒谬。恐怖已经成为现实,必须忍受,但除非因不可抗力所致,否则我从来没想过要参与其中。我对这一切可怕的疯狂行为感到一种无言的、执拗的厌恶,几乎对战争结局毫不关心,因为不管谁赢,战争已经发生了,而人类(我看不出德国人和英国人有多大区别)已经证明了自己有能力做到这一点,这一事实永远无法改变。后来,当"无条件投降"成为口号,轴心国的秘密和平试探受到冷落时,在我看来,这种疯狂已经严重到完全超出了我的想象。

尽管我知道自己骨子里没有护理天赋,但成为护士对我来说还是合理的。我本来也可以加入某个女性服务团体,成为万千受军纪约束的女性中的一员,学学军事术语,戴上军帽,面色红润,穿上显得身材粗壮的卡其色灯笼裤。但这个场景在我看来,非常不令人愉快,可是我有什么特殊的权利避免呢?我甚至不记得曾努力为自己想过理由,我只是下定决心,除非"他们"来把我抓走,否则我绝不去,就是这样。

现在看来,这种拒绝参加任何非被迫之事的态度,无疑体现出了我精神上的狭隘。无论这个时代的进程多么疯狂,一个人想要超脱于时代都是徒劳的,即使从个人层面而言也是如此,因为只有亲身经历正在发生的事,无论是积极参与还是坚决反对,个体才能理解其真相。像第一次世界大战中"白羽毛"[1]这种令人厌恶的风气,一定是最荒唐的"爱国主义"和最歇斯底里的痛苦("我的男人就要被杀死了,为什么你不该如此?")的一种表达方式,但这里面也含有一点真相:作为人类的一员,谁都无法摆脱这份罪责——除非个人完全退到一个真空中,同时放弃任何与之相关的荣耀。当战争来袭,有两条诚实的道路可走:要么采取一些徒劳但积极的姿态反战,并承担其后果;要么与战争共存——不是

---

1 第一次世界大战时期在英国爆发的"白羽毛运动",白羽毛指在斗鸡比赛中仓皇逃跑的公鸡,是英国传统中懦夫的象征。一战时期,很多女性响应征兵号召,会在街上递白羽毛给男性劝其入伍,带有羞辱意味。

去接受战争的价值观,而是接受人类状况的这种现实。这两条路我都没走,毫无疑问这样是不对的。对我来说,与战争共存,无非是穿上军装,做一些文书工作,目的是"解放出"一个男人,让他去杀人或被杀。我当时觉得,这肯定是一件愚蠢的事。但以那样的方式交出自由,我就能亲身体会所发生的一切,这是任何一个想理解、知晓并触摸真相的人应尽的责任。有人可能会说,我最终去干的平民工作和参军的目的也没什么不一样,因为如果负责指导我工作的官员没有将它们分类为"必要的",那么这些工作也就不会存在。但对差异的感觉是非常主观的,我选择平民工作,是因为它代表了在这种情况下个人自由的最小损失,而个人自由的损失正是我本应探索的这种局势最典型的特征。那些被关在集中营里的人,是正在发生的事件中被荼毒最深的人,但正是他们,以及来自西非和苏丹的士兵,被卷入这疯狂的浪潮,被卷入一场对他们而言比对我更没有意义的战争之中。我的任何选择所产生的实际后果当然是微乎其微的,在我自己的头脑之外是察觉不到的。但在我的头脑之内,我所做的选择却在这些人和我之间筑起了一道墙。

所以自然应该得出这么一个结论,每个人都应该以某种程度"参与"每个时刻,不仅仅是危急时刻。从这个意义上讲,我现在的错误并不比当时少,因为我仍然没有参加任何政治或社会活动;我从未参加过反对氢弹的游行,从未散发过敦促抵制南非商品的传单。是否有一天,我会因为秉持这个观点而采取行动,我不知道,但从我过往的经历来看,似乎不太可能。出于习惯和本能,我继续坚持着任性恣意的那层"保护壳",它能守护我的私人空间以及我作为女性所感知到的、与社会层面的真相并行的另一种真相:这是关于出生、交合、死亡的身体层面的真相,这种真相只能在人际关系以及沉思冥想中才能触及。

我决定不参军,于是响应了一则征召女工的广告,打算去南安普顿一家造船厂工作。我以为因为要造的是小船,所以工厂也会很小。我想象着周围应该有个船坞,虽然我不大可能独自建造整艘船,但我可以从事一些小船部件的加工活儿——比如打造一个舵柄,或把螺丝钉固定好之类的。但收到文件时,我发现自己错了。有趣的是,其中有一张表格需要填写我喜欢的工装裤是天蓝色、苹果绿还是玫瑰红，但其余部分则清晰地呈现出一幅单调的画面：我坐在工厂长凳上，长时间干着与金属打交道的单调工作。对像我这样被宠坏了的人来说，每天的工作时间似乎长得可怕，工资也少得让我对有关工人能挣大钱的说法深表怀疑。"当然，这些人很有钱"，当时大家都这么传，然而，我要去的工厂发的基本工资低得令人尴尬，只有铁打的工人才能挣到加班费。但我已经无法打退堂鼓了，于是勾选了天蓝色的工作服，然后等待下一步指示。没过多久我收到一封道歉信，说他们没有空缺职位了，我如释重负。

后来，我从一位朋友那里听说，从伦敦迁到巴斯的海军总部正忙着招募女性。于是我问询了一下，收到一封亲切但令人沮丧的回信，问我为什么想要一份薪水很低的办公室勤杂工作，随后又告诉我，肯定还有别的事情可做。但我坚持要去。我不希望自己的避难所太过舒适。尽管无聊，收入低，但能派上用场，这似乎就是我正需要的。

要不是巴斯这个地方本身，以及我在那里结交的朋友，我一定会觉得很无聊。我的工资少得可怜，扣掉临时营舍的租金后，每星期挣十五先令九便士，当然，我也没起到什么作用。正式的公务员在被征用的酒店和学校里进行着高负荷工作，疲惫不堪，几乎没什么时间来教我们这些未经训练的新招募人员，无论我们这些新员工的积极性有多高。不仅是我增加了他们的负担，还有大量从附近来的年轻男女，把这份工作当作他们应征入伍（主要是男性）或说服父母让自己远走高飞（主要是女性，那个时候还没有开始劳工分配制度[1]）之前打发时间的好办法。我非常清楚自己效率低下，因此觉得哪怕被无礼对待也不失公正，但这里的正式职工都很耐心友好。他们交给我们标有"机密"字样的文件，让我们从一个房间送到另一个房间，让我们泡茶（虽然有时我们泡得太淡），还让我们坐下来使用对数表——他们误以为我们只要使用对数表就不会出错。到了最后，我那疲惫不堪的师傅总会给我一张纸，对我说："把这个抄写到那张纸上。"我会仔细地抄写，然后他会说："很好，非常感谢。"但有一次，我看见他把我抄的稿子偷偷扔进了废纸篓。

起初，我觉得自己好像置身于一个令人不安但

---

[1] 指的是二战期间，英国为了解决劳动力短缺问题颁布的一项政策，由政府对劳动力进行统一调配和管理，将工人分配到各个需要劳动力的行业和部门，以确保国家的生产和战争需求得到满足。

并非难以忍受的梦境中。普尔特尼酒店餐厅里一排排墨迹斑斑、紧凑摆放的桌子,一摞摞填写着数字和姓名首字母的表格,被划坏的笔尖,标有"待处理"字样的锡盘,这一切显然对其他人都有意义,对我却没有。我只知道,我所在部门的一个下属分支部门负责把排雷设备从一个海军基地转移到另一个海军基地,但我完全无法想象这些设备,而且似乎转移之前或之后也没有任何人了解这些设备的任何情况。这些疲惫的中年人严肃谨慎地从事着他们蚂蚁般的工作,多年来,已经建立起一个舒适的、小小的办公室世界,有自己的惯例、必需之事、禁忌和幽默:近距离观察就会发现,这绝非令人不快的世界,也不是一个令人讨厌或鄙视的世界,但不是我可以想象自己能归属其间的世界。每天晚上,我会离开这里,回到一个铁路工人简易住宅中的一间小盒子般的卧室。他的妻子会给我做一顿分量很大的晚餐,然后我就躺在床上看书。经历了贝克顿和牛津的日子,这种情况虽说有些奇怪,却并不令我沮丧。我只是觉得自己仿佛被悬在了空中,默默等着,看看能否找到方向。

不久后,一个自命不凡但乐于助人的女人注意到了我的存在,她志愿为海军部开车,负责接送我所住的偏远郊区的人们上下班。她问我是否愿意调整到更合适的住所,我没想过这样也可行,竭力抑制着刚刚露头的希望(因为这个铁路工人的妻子虽然寡言少语,却是一个善良的女房东),嘟囔着说,如果可以的话……令我吃惊的是,她竟然记住了这件事,并跟安排住房的官员说了,于是我被迅速带到镇上,在一户基督教科学派信徒的家里安顿下来,这个家庭非常慷慨热情,以至于从那以后我就一直对这个教派怀有不可抗拒的好感。在他们充满善意、轻松自在的公寓里,我终于苏醒过来。

我每天穿过皇家新月街和圆形广场,沿着盖伊街步行去办公室,哦,可爱的巴斯!在英国,当你一脚踏进薄雾里,没有哪座城市的景色比这里更美了。总有些景致可以欣赏——一个扇形窗,一个挂灯笼的铁笼子,一棵木兰树从地下室旁伸出来,映衬着被烟灰染得黯淡的金灰色石头——但我主要的日常快乐来源于新月街那巨大的弧形,那宽阔的、被磨损的铺路石,那开阔的视野,以及那弧形内部所蕴含的奇特静谧。一天晚上,一个陪我回家的男人说:"我觉得自己走进了教堂。"听到自己的感受被用如此笨拙的语言表达出来，我生气地愣了好几分钟。

不久后，我对这份工作就变得漫不经心了。我还结识了我所有女性朋友中最迷人的一位，她像只蜻蜓一样从一封沉闷的介绍信中钻了出来："你亲爱的姨妈告诉我……如果你星期天能来喝茶，我们会非常高兴。"她来自一个活泼的爱尔兰家庭，是其中最小的女儿，起初被派来接我时，她彬彬有礼，并不太热情。但不到一个小时，我就打开了一个快乐和戏剧性事件的"源泉"，时至今日依然奏效。只要是安妮去的地方，就会有灾难发生：这种灾难太过离奇，除了付之一笑，别无他法。比如我们某天没打招呼就把她父亲的车开走了，那么那辆车肯定会被偷；要是我们某个晚上去伦敦与年轻男人见面，我们就会要么丢了车票，要么丢了行李钥匙，要么在打扮时裙子裂开；要是我们身无分文，只剩下一便士和半克朗，被塞进盥洗室门上投币口的肯定是这半克朗[1]。"猜猜现在又发生什么了"，安妮会这么说（现在仍然会这么说），然后便绘声绘色、夸张地

---

[1] 据英国历史学家彼得·拉蒙特考证，现代西方的第一间收费厕所创设于19世纪末，是英国舞台魔术师约翰·马斯基林在伦敦开办的。马斯基林设计了一款投币门锁，需要投入一枚一便士币才能进入厕所。

讲出一个个离奇恐怖或荒诞不经的故事。我一直喜欢看漂亮女人，也喜欢和快乐的女人在一起，而她，是我所认识的最漂亮、最快乐的女人之一，也是最慷慨、最勇敢的女人之一，有时还倔强得令人抓狂。她成为我的朋友，并与我相伴至今，我对她充满感激。

那段离家在外、过着全新生活的日子，让我大部分时间能够避开保罗给我带来的痛苦，而在家的时候，不开心的事可比开心的多太多了。在我的经历中，欢笑、轻浮，甚至愚蠢和矫揉造作（安妮和我一定经常又愚蠢又矫揉造作）都是可靠的慰藉，同时也能成为女性友谊的坚强纽带。我在巴斯度过了很多快乐时光，因此，当我决定最好在被解雇前辞职回家，考虑找一份"真正的"工作时，我从心底里感到难过。

然后是一段可怕的插曲，一位姨妈说服我，说我的职责是去乡村学校教书，那里人手不足，学校里又挤满了来自伦敦的孩子，所以未经训练的志愿者也受欢迎。我干了两个学期，证明了教书不是我的专长，但也证明了在关键时刻，我还是能鼓起一些勇气的。在这段时间，我遇到了第一个"没有希望的"爱情，感觉自己生命的火焰再次燃烧起来，这次经历非常美好，即便我看到它的不真实性，也没有停下来，从未后悔过，但结果再次令我陷入更冷的灰烬之中。等到我有机会在BBC（英国广播公司）找到一份"真正的"工作时，我已经奄奄一息了。

不可思议的是，我还记得在牛津上学时，BBC显得很有魅力。毕业前，我们还去了据说可以帮我们找工作的就业指导委员会，我们一个接一个地对他们说："嗯，我觉得BBC不错……"结果却被嘲笑了（我想知道，真的有人通过大学的就业指导委员会找到过工作吗？因为我从没听说过）。这件事让我认为BBC是一个汇聚了出类拔萃、才智非凡之人的大本营，因此能加入BBC，尽管我只是那沉在水下八分之七，看不到麦克风的普通一员，在我看来依然是件不同凡响的事。我之所以能进入BBC，是因为我牛津的朋友玛格丽特在BBC招聘部找到了一份工作，当一个可能适合我的职位出现时，她向我透露了消息。

一段时间里，我依然觉得公司的大部分部门都充满魅力，因为我从来没见过它们。我所在的部门，隶属于BBC面向"大英帝国"广播的一个信息服务部门，当时已经撤离到伊夫舍姆。我总觉得"大英帝国"这个称呼很有意思，它还包含美国呢，BBC过了一段时间才注意到这个问题，然后就改了服务处的名称。我们在一所丑陋庄园里工作，从那儿可以俯瞰豪斯曼[1]笔下的布雷顿山。因为属于新开发的部门，在没有我们的情况下，新闻室等部门也已经成功经营了多年，所以一开始很少有人来咨询我们。这份工作让我进入了一种奇怪的隐居状态，情感似乎全被抽离，比这个地方的存在更不真实。

我变得害羞，这对我来说是全然陌生的状态。我们分散在伊夫舍姆的临时营舍里，附近有几个俱乐部能让大家碰头。我去过两次，但没跟任何人说过话。我依然认为BBC里都是不同寻常、非常聪明之人，也能看出他们彼此很熟，但我觉得他们会认为我枯燥乏味，因此不敢对他们说出自己的任何主张。我回到自己的住处，从那之后，业余时间除了读书我什么也不干，即便到后来意识到，这些令我

---

[1] 阿尔弗雷德·豪斯曼（Alfred Edward Housman），英国现代最伟大的古典学者之一和杰出的诗人，布雷顿山是豪斯曼所创作的诗歌《布雷顿山》中的核心意象。

望而生畏的人其实多数都是些没有什么特别之处的中年记者时，也依然如此。

在伊夫舍姆，我唯一享受的是早班刚开始和晚班快结束的时光。我们需要从早上六点一直工作到午夜，第一个和最后一个值班的人都是独自工作的。在冬季清晨五点半的黑暗里，BBC的穿梭公车在大厦门口将我放下，我慢慢沿着车道向上走，边走边捡柴火。然后走进一间房间，那曾经是最好的卧室之一，在壁炉里生上火，再从食堂取来茶和香肠，坐在地板上吃，看着炉火慢慢烧旺。开始时总是很冷，而且那个时段只有少数人员在工作，我待的地方经常几乎一个人也没有。这些野餐似的早餐有一种神秘的乐趣，我觉得自己就像个蹲在废弃屋里的流浪汉，这种略带迷惘的快乐，是我对那段时间唯一的记忆。

后来我们被调回伦敦，成为BBC这台大机器中被接受的一部分，这份工作就变成了普通工作，持续了五年，直到战争结束。这不是一份令人兴奋的工作，但能让我们忙碌起来。我们的职责是随时回答咨询我们的任何问题，我们通常也能做到，所谓信息服务，只需要知道去哪里找到信息罢了。与我一起工作的大多数女性我都很喜欢，如果我不喜欢谁，通常大家也不怎么喜欢。我还发现，在团队中有一个不受欢迎的成员作为其他人之间的催化剂不是件坏事。过了一段时间，我升任这个分部的负责人，此前我曾有一次没被选中，被提拔的是一个更有效率的女孩，这事还蛮有戏剧性的。后来她的工作效率被发现并不如预期，再后来她就离开大家去生孩子了。升职后，我只是有点高兴，其他女伴们却说："一开始就应该是你。"她们喜欢我，我很开心（同时也觉得很幸运，因为全靠她们，这个部门才得以维持运转），但我对工作的关心其实非常肤浅。那时，我对任何事情的关心都很肤浅。

我的生活并没有与战争紧密相连。保罗死了，但他在那之前就已经离开了我。我的一个表弟也死了，但他比我年轻，因此我之前和他也没有太亲近。我认识的其他一些人也死了，但他们并不属于我的日常生活。这些死亡就像有毒的战争氛围凝结了片刻，然后滴下一滴水珠：虽然可怕，却也在情理之中。距离我最近的暴力事件，是某个晚上，我要睡的那个房间被炸塌了，当时，另一个房间的窗帘猛然悄无声息地向我横卷而来，从窗台上卷下一只瓷碗,然后,爆炸声响起,那之前的片刻,我甚至怀疑自己是不是产生了幻觉。至于当时或许存在的那种极度狂热的欢乐氛围(有些人在回忆录里曾说起过),我甚至丝毫没有受到影响;对我来说,事情不是这样的。多年的空虚,多年麻风病般的无聊,意义之战将我消耗殆尽。其他人的经历也许比这更痛苦,更戏剧,更悲惨,更可怕,但我的经验,也同样是一个微小而黯淡的地狱。

在这段时间,我的灵魂缩成了豌豆般大小。它从来就没那么强大、鲜活,也没能力让自己的触角伸到自我的边界之外,但现在,它几乎枯萎了。我变得很会巧妙地躲避痛苦,靠着不断切换一个个小小的感官刺激度日,因为我明白,仅就个人生活而言,自己已经是个失败者,注定孤独终老,根本就不配拥有什么。当每天的工作就是给战时的报纸做标记时,我还能干什么?我特别记得一段关于一位自杀的波兰老人的剪报,他留下一封遗书,说自己已经尽一切努力让人们看到必须为波兰做些什么,却没有人听,他之所以自杀,是因为这是唯一能引起人们关注当前事态的方式。他选择了与我完全相反的另一条路,这个可怜的狂热老人,在《曼彻斯特卫报》上仅占据了大约一英寸半的角落版面。如果我们不想成为弗兰西斯·培根画中的那些人物，张着血淋淋的大嘴不停尖叫，那么我们别无他法，能做到只有：心存感激地去电影院欣赏一部有趣的电影；去上床睡觉，感受床单的光滑和毯子的温暖；去办公室八卦，说说因为海伦的情人休假在家，所以海伦告诉凯瑟琳，如果自己妈妈打电话来问，要说她俩是在一起的，然后付之一笑。在深夜换班后，沿着空荡荡、寂静的牛津街伫立的，那些交通灯的小亮片——在灯火管制期间因灯罩被遮挡而显得黯淡——从红色变成琥珀色再变成绿色，看起来就像在低语，我就是用它们填满了我的那些日子。

有些人通过参加活动和过度做事来逃避空虚。我想，他们属于那种没法把事情"睡过去"的人。而我逃避的方式就是向睡鼠学习——冬眠。我不会睡不着，反而会睡得过度，白天就开始想我的床有多可爱，到了晚上就愉快地躺上去。我睡觉一直不怎么做梦，但并不消极，就好像遗忘是一个我有意欢迎的好东西，所以我对夜晚唯一的恐惧，是还需要起床。每天我都必须花很大的力气才能缓慢地从睡眠里挣脱，因为我对白天即将投身的生活毫不关心，缺乏热情，以至于起床成为一件需要竭尽全力才能做到的事。晚上就睡觉，白天就小心翼翼地蜷缩在自己的小天地里：我沿着同一条街道走路上班，吃同样的饭菜，回到同一个房间，每天读书。理论上说，我非常渴望摆脱这种模式，如果做不到，我会为自己感到难过，但尽管希望过上另一种不同的生活，我却没有力气做出哪怕最微小的改变。只有在感觉异常良好的情况下，我才会在休息日放弃整个上午都睡觉，整个下午都看书的安排，乘公共汽车去国家美术馆逛一逛。

在惰性强加给我的这些荒谬限制中，我找到一些缓解的办法，就是当时还能往来的几个朋友的陪伴（我不多谈我的朋友们，是因为他们的生活属于他们自己，并不是因为他们对我来说不珍贵）。还有我读的那些书，以及在办公室里过的小小日子，这些通常都很有趣。同事之间的亲密情谊是令人愉快的事，而且非常真实，但当同样的人在不同的环境中相遇时，这种亲密感却会令人困惑地立刻消失。一如既往，我可以随时观察周围的事物，无论是法国梧桐上舒展的树叶，还是公共汽车上人们的面孔，或屋顶上尾随同伴昂首阔步的鸽子，以及欣赏画作。

也许，在连续几个月里，我最接近完全活着的时刻，就是在欣赏画作的时候了。我之所以能感受到这种快乐，一方面是因为我对视觉图像天生敏锐的感知力，另一方面则归功于我的一个姨妈，她是我母亲的姐妹中唯一未婚的，也是唯一摆脱了传统家庭思维方式的人。

她是个聪明又敏感的女孩，患有严重近视，不得不戴眼镜。我相信正因如此，才让她自己和家里人都认为她相貌平平，其实按照当今的标准，她算得上引人注目的美女。当她还是个孩子时，还有点口吃的毛病，因此在人生的早期阶段，她一定贬抑了自己，觉得自己既害羞又没有吸引力。后来她进入牛津大学，成了家里的才女，人人都喜欢她，但很少有人理解她。她最好的朋友是医院里的救济品分发员，她也跟上了朋友的步伐。她们在伦敦合租一套公寓，用手工编织的材料和印象派画作的复制品装饰房间，工作时也兢兢业业，乐在其中。

当我的外公得知自己将不久于人世时，他告诉姨妈必须放弃工作，回贝克顿照顾她的母亲。没人质疑这一点。我外婆那时大概六十岁左右，是个非常健康、能干的女人，家里经常有孩子和孙辈来做客。其实只要稍微计划一下，外婆就可以无须独自生活，而且她个性坚强，必要时也完全能承受孤独。但按照外婆所认为合适的观念来看，未婚女儿对父母尽义务是理所当然的，与此相对，姨妈对自己工作的义务则微不足道，对自己本人的义务更是根本不存在。我的母亲，以及其他兄弟姐妹也都这么坚信。当时他们的孩子还小，还没有预见到自己后来能够接受（我母亲是非常豁达地接受了）女儿们拥有自己生活的权利。"现在回想起来真可怕，"母亲曾这么对我说，"我们怎么能让她那样牺牲呢？但在当时，这似乎是一件很自然的事。"

对这件事的感受，姨妈从没提起过。她不仅是个矜持的女人，还是我见过最真诚无私的人。她默不作声，略显疏离地埋头干起活来：做园艺工作，去委员会服务，在村里的主日学校教书，还成了当地的治安法官。她书架上的书和家里其他人的都不同，卧室里的画也和别人的不一样，她是当时家里唯一去国外度假的人。她在多洛米蒂山脉行走，或住在意大利和南斯拉夫的简陋小旅馆里。她喜欢孩子们，孩子们也喜欢她。她温柔、羞怯地在他们的人生道路上留下一些诗歌、浪漫主义或自由主义的蛛丝马迹，如果他们愿意，就可以随手撷取。其中，二十世纪三十年代早期，她曾带我去看伦敦伯灵顿宫[1]举办的法国绘画展览，就是这么一个例子。

我永远不会忘记那次展览。光是去伦敦就已经够令人兴奋的了，还能做一些像参观展览这样成熟的事，那就更棒了：我已经准备好欣赏这些画作，结果也不负我所望。我喜欢华托[2]和弗拉戈纳尔[3]的作品，透过这些画面，我仿佛瞥见了自己一直渴望融入的精致优雅的生活，但给我印象最深的油画还是安格尔的《泉》[4]和《艾蒙夫人》[5]。那种大理石般的完美，那种经过打磨的、高度写实的质感，向我传达了理想之美。可是，为什么我的姨妈在雷诺阿[6]的一

---

1 伯灵顿宫（Burlington House），位于伦敦的皮卡迪利街，起初是一幢帕拉第奥式风格的私宅。19世纪中期，英国政府购进伯灵顿府并进行了扩建。中庭北端的主楼为皇家学院所在。皇家学院的当代艺展备受瞩目，因此伯灵顿府也颇为知名。
2 让-安托万·华托（Jean-Antoine Watteau），法国洛可可时代代表画家。
3 让·奥诺雷·弗拉戈纳尔（Jean Honore Fragonard），法国洛可可风格画家，其代表作品有《秋千》《读书女孩》。
4 《泉》（*La Source*），别名《春之仙女》，是法国新古典主义画家安格尔于1830年至1856年所创作的一幅布面油画。
5 《艾蒙夫人》（*Madame Aymon*），是安格尔于1806年所作。
6 皮埃尔·奥古斯特·雷诺阿（Pierre-Auguste Renoir），法国印象派画家。代表作品有《包厢》《游船上的午餐》《小玛高脱像》《煎饼磨坊的舞会》。

幅出浴女的画作面前站那么久呢？为什么她像往常一样，以一种非说教的方式对我说，她觉得这幅画比安格尔的画更可爱呢？我聚精会神地看着，只觉得笔触很模糊，画中这个女孩，身材太胖，肤色太红，相貌也平平。但是我亲爱的姨妈，她是很懂绘画的，比起安格尔的画，她确实更喜欢这幅，不必说我也能看出来。所以，尽管当时我并不能理解雷诺阿以及其他印象派画作（除了马奈的《吹笛少年》之外），我也明白，这是我的局限，不是他们的局限。对每个想要享受绘画的人来说，这就是那至关重要的第一课。看着雷诺阿，就像在派对上遇见了一个人，你们彼此毫无进展，因为其中一方或是你们双方碰巧都心不在焉，但等到再次见面你才发现，他将成为你最好的朋友之一。尽管第一次见面看似毫无用处，但没有它，第二次也不会发生。

还有一次，比这更早些的时候，姨妈给过我一个关于艺术的暗示，我也领会到了。当时，我像往常一样画着马，姨妈靠在我肩膀上说："画个裸体的人吧，男人或女人都行。"这个在我当时看来不太得体的建议让我感到非常不安，于是我犹豫了。她看出我在想什么，也不好意思起来，于是说："嗨，如果你不愿意,也不必把他的,嗯,他的那些小东西什么的画进去。"于是我画了一个难看的分叉萝卜,她看起来很失望。我当时并不理解她那一厢情愿的希望,她希望借由孩子的眼睛产生一些新颖鲜活的东西,但我知道自己在某种程度上失败了。面对人类的身体,我应该能做些有意义的事,而不是为它感到尴尬。从那以后,每次看裸体画时,我都会寻找其中蕴含的美。

因此,姨妈带给我的影响加上我天生的性情,使我拥有了这样一双眼睛,即使在人生最沉闷的岁月里,我也能观察事物,这是支撑我活下去的一个理由。

另一种填补空虚的方法是混乱的私生活,这很常见,但也很难超然面对。精力不足使我无法四处追求男人,但如果他们主动出现,我就会和他们上床。在我的不幸刚开始时,我就这么做了,说实话,我得承认,相比其他时候,这么做时我的灵魂萎缩程度要更轻一些。例如,在伊夫舍姆和伦敦的很长一段时间里,因为遭到爱情的两次打击而变得十分怯懦,我甚至连随便上床也做不到了。

在我看来,身体上的挫败感虽然也对我产生了一定影响，但远不如被渴望的感觉带来的安慰，以及有事可做带来的无聊感的缓解来得重要。我必须熨平整漂亮裙子，洗干净最好的内衣，因为星期五门铃会响，我要和一个男人出去吃饭，不管有多无聊，但至少让我感觉自己还活着。这是在重复熟悉的举动，重回常规生活轨道，就算这次见面不会有任何结果——而我内心也已经下定决心，不打算有任何结果。当时，只有在一场没有严肃感情威胁，不会结成真正关系的邂逅中，我才会觉得安全。

有时，这些短暂的交往也并非带来的都是遗憾。如果有足够的友谊以及身体上的契合，稍稍突破自身困境的局限，进入另一个人的生活也是可能的，也会感受到一些柔情——身体间的柔情，虽然有限，却很真实。若非如此，这些交往就只剩荒谬了，我会对此感到既好笑又困惑。我会遇到一个和我毫无共同之处的男人，他或许又胖又饶舌，讲些无聊的逸事，甚至不会跳舞。他或许只是第一个对我调情的人，但因为表现得好像觉得我很有魅力，所以我觉得温暖，于是很快回应。我们的手在餐桌下相握，跳舞时，我的身体会随着他的贴近而迎合，直到大腿相触。每当这个时候，我就会对自己说:"冷静点!你不会想继续的,你很清楚这毫无意义。"但不管我对自己说了什么道理,一旦开始了第一步,模式就会继续。仿佛一首熟悉的音乐开始演奏,我步入熟悉的节拍,根本无力对抗它的节奏。一个眼神、一句话语、一种手势、一次接触,我的所有官能立刻进入了暂停状态,而上床成了唯一的结果。"有什么逼着我这么做吗?"当我乘坐酒店的电梯上楼,或看到一个本应是陌生人的男人把钥匙和零钱放在房间的梳妆台上时,我这么问自己。在这种情况下,我一分为二,一半顺从地、轻松地按惯例行事,另一半则带着一种讽刺的好笑之感冷眼旁观。当这只舞曲不可避免地走到终点,不管和谁在床上的那一夜也结束了,这两个"我"会合二为一,我就会清醒过来,想着:"我一定是疯了!再也不能这么干了!"

这就是情况复杂之处。如果我在某个夜里和某个男人做爱,出于一般礼貌,我应该表现得很享受,那么,如何在不羞辱他的情况下,避免再次跟他做爱呢?他可能会留下这样一种印象,即他遇到了一个品行放荡的多情姑娘,因此期待着再次见面。我于是被迫编造关于自己反复无常、神经质和刁钻刻薄不讲理的故事,"你真的最好摆脱我,我向你保证"。我曾有一次绝望地陷入了这自己编造的错综复杂的谎言网里,因为我暗示说,正是对方的热情摧毁了我惯常坚固的防御,他相信了我,不久后向我求婚,这也许是我经历过最令人窘迫的事情了。

这些愚蠢又总是很短暂的艳遇,不过是冷风中御寒的破布,但总比没有强。在那段我的情绪低落到连破布也无法抓住的时期,这种枯萎之感不仅影响了我的灵魂,还影响了我的身体。我的健康状况恶化,食欲大减,只要一离开房间或办公室,就觉得头晕恶心。即使是在上班那短短的一段路上,我也生怕自己会晕倒或吐出来。我去看了医生,医生告诉我,我得了贫血症,于是,我请了一个月病假回家了。

贝克顿总能让我恢复元气。我曾想出过这样一个"科学"的理由:因为这里的土质让树木和草叶散发出一种特殊的、最适合我的气息。但尽管坐在回伦敦的火车上时,我的身体已经感觉好了一些,可我知道,我的内心还是一样的,除非我采取某种行动,否则我将继续这沉闷的循环。"并不是生活抛弃了你,"我对自己说,"是你抛弃了生活。"我想起女性杂志上那些简洁的指令,"培养一个兴趣"或"加入一个俱乐部"。但对这类事情,我只能笑笑或打个冷战,因为我对此一窍不通。因此我对自己说(现在回想起来并不是多鼓舞人心的事,但确是事实),"听着,你遇到的下一个男人,不管他是什么人,不管他在你看来多么不真实,只要他看上去被你吸引了,你都要重拾你那些坏习惯,接受一切再次发生吧。"

我从车站直接去了办公室上晚班。闲聊了一会儿后,交班的姑娘们已经收拾好东西,只剩我一个人,隔壁新闻室传来打字机和纸带机的嘈杂声,逐渐地,这些声音仿佛离我远去了。我正要去食堂喝杯咖啡,这时门开了,门口站着一个男人,我姑且称他为菲利克斯吧。这是个好色之徒,不久前还是我一个朋友的情人,这个朋友前段时间刚去了国外工作。"你好啊,甜心,"他说,"就你一个人?"这个敦实的小个子男人倚在门柱上,眯着职业花花公子的眼睛,"是的,"我说,"我能为你做什么?""你可以跟我出去喝一杯。""不,不行,至少午夜前不行。""那好吧,我午夜来接你。"

菲利克斯已经被婚姻套牢了,也不是那种我倾慕到能爱上的人。同他在一起时,我感到绝对安全。与此同时,他是个令人开心的伴侣,我们在做爱中分享了巨大的快乐。我们的关系是纯粹的傍晚幽会,但地点会是一个餐厅,我们先吃一顿在战时的伦敦能找到的最好的晚餐,然后再喝很多酒,再找个酒店,或如果菲利克斯的家人去了乡下,我们就去他家里过一夜。我俩都不曾涉足对方的日常生活,只是会分享各自生活里遇到的有趣或离奇的事情,但谁也没有期望对方对那些更严肃的事情产生兴趣。比如说,我从来不会告诉菲利克斯有关金钱的苦恼,除非是开玩笑,他也几乎不会提到他和孩子们在一起时可能会遇到的任何困难。我们的角色定义非常明确,就是让对方开怀大笑,给予对方身体上的愉悦。这两方面他都做得很好。他很会讲故事,对人物有敏锐的眼光,对荒谬之事有极大的兴趣,他的同情虽不深刻,却很广泛。他还有一种令人解除心防的坦诚,那种浪荡子常常会觉得凭借这一点就能为自己的行为开脱。他喜欢有钱的感觉,还喜欢对此大肆炫耀,因为炫耀比低调有趣多了。他热爱成功,尽管那是他通过放弃自己作为作家的正直而换来的。他对生活的那种享受劲头,令他根本不去想原本应该如何生活。

由于有意识地渴望爱和潜意识里害怕爱之间的矛盾，我在情感上变得非常无能，以至于在很长一段时间里，我对任何人的感情都只停留在一种淡然的、善意的层面。对菲利克斯，我有一种积极的感情，这种感情是不应该（我非常确定也不会）被轻视的。在两年的时间里，我成了他的情妇（或更有可能，是他的情妇之一），直到恢复了活力和信心，驱使我再次踏入那有着更深感情的危险水域时，我才结束了这段关系。虽然我后来还是会栽跟头，但和菲利克斯在一起的岁月就像给了我一个救生圈。与他在一起时，我过得很快乐，虽然不太光彩，但也正因如此，我溺水的可能性也小了许多。

我真希望分开后我再也没见过菲利克斯，但事实上我见过。八年后，电话响了，我听到那个熟悉、沙哑的声音，还有那满足的轻笑，立刻叫了出来："菲利克斯！马上过来！"我给他开门时，心里想："天哪，他今天一定过得很不愉快。"因为他蓬头垢面，身上有一种我从没见过的不对劲气息。然后我注意到一股酒味，一股陈腐的酒味，几乎令人作呕。"他喝醉了。"我吃惊地想着，因为尽管我们在一起时喝过那么多威士忌,我从没见他喝醉过。我们一起出去吃晚饭,随着夜幕降临,我慢慢意识到这并不是一次偶然的不幸。酒保接待他的耐心背后是明显的厌烦,而不再像见到熟客那样眼神闪亮。领班则把我们带到一张不起眼的桌子旁,也难怪,因为菲利克斯开始大声讲起了黄色笑话。过了一会儿,他吃了一点东西后,似乎振作了起来,开始像往常一样说话,还问了一些关于我的问题,但我很快意识到他无法倾听。当他眯起眼睛看着我时,我觉得很可怕,他那所剩无几的魅力,由于过度使用已经僵化了。尽管他向来行事轻浮,是个享乐主义者、机会主义者,在某些方面也很庸俗,不过在我看来,那种张扬劲儿倒也让他的这些缺点有所弥补。我亲爱的菲利克斯本来应该能够做到无视复仇女神,高高兴兴地走到老年,但他没有做到。他不久后就去世了,人们说他是喝多了,我也只能这么想,而他也真的在我耳边说过:"别傻了,你知道我喝不喝酒根本无所谓。"如果不是为了寻欢作乐,这个人一定很讨厌自己成为反面教材里的角色。我想他是个奇特的人,令我竟然对他心怀感激和柔情,但每当忆起他,那些情感确实会在我心中鲜活起来。菲利克斯太喜欢女人了,情不自禁地让她们觉得自己很有价值,如果不这样做,他会觉得自己太不专业。是他,让我开始了缓慢的复原过程。

13

这个严肃方正、干干净净的短发女人坐在一张桌子后面,桌上放着一瓶柳条。她咨询室墙面的颜色是奶油色和绿色的,正好是我讨厌的一种色彩组合。"好吧,现在,"她用一种意在把歇斯底里情绪消灭在萌芽状态的声音说,"不是世界末日。"

我从没觉得是世界末日。我想,她见过太多未婚女性怀孕,因此免不了按老规矩来对待她们,但我立刻对她用老规矩来对待我感到不满。

"事实上,"她接着说,"人们几乎可以这么说,在战时,在产房床位等等十分紧缺的情况下,不结婚生孩子要比结婚生孩子简单。"

"哦?"我回答。

"是的,有很多可用的帮助。我强烈建议你把它留下来。这是你的自然功能,如果你放弃了,会给自己留下创伤,很深的创伤。只要你下定决心,事情就会变得简单,你看,到处都是战争遗留的寡妇。你可以换工作,戴上结婚戒指,没人会怀疑的。"

"但之后呢,孩子出生以后?"

"这是最简单的部分,"她说,"我可以帮你联系一些机构来处理这件事。有三种选择:第一,你生下孩子,事先安排好收养事宜,你甚至不用看到'它'。委员们会非常仔细地审查有意愿收养孩子的夫妇,我们会确保他们真的想要孩子,以及负担得起。我可以向你保证,在这种情况下担心孩子,纯粹就是多愁善感。和养父母在一起可能比和你在一起要好得多。"她说着就笑了起来,话语中透着一种干脆利落劲儿,还带着些许让人意外的感觉。

"我看不出有什么意义,"我说,"经历九个月怀孕和生产,在那之后甚至都见不到自己的孩子。"我在脑海中生动地描绘了一幅画面:在医院的病床上醒来,发现自己永远无法爬过那片虚空。

"所以这个选项不行。那么还有第二个选择:寄养父母。我们会给孩子找个寄养母亲,你随时都可以去看'它',然后,等你有了更好的条件能照顾'它'时,比如赚了更多钱或结婚了,你就可以把孩子带回家。有很多男人都可以接受这种处境的,多到你会感到惊讶。"

我想,如果我一直赚不到钱,或永远不结婚,或无法让丈夫接受这种处境呢?而且,对孩子来说,养育"它"的人就像是亲生母亲,之后却要被一个只是过客的人抢走,这又算什么?虽然这个选项没有第一个那么令人难以忍受,但我也不想冒这个险。我点点头,做出一副期待的样子。

"第三个办法,"她说,"在我看来是最好的。你要立刻对你父母讲这件事,让他们帮你一起抚养孩子。这个办法,你有什么反对意见吗?"

"我的父母,"我说,"他们会吓坏的。"

"这事儿对他们有好处吧,愚蠢的老东西们。"这个女人说。

我惊讶地看着她。她所谈论的是一些她一无所知的人,她不了解他们的年龄、收入、生活方式,还有他们对女儿的感情,那么,她怎么能假定这样做对他们是有好处的呢?她用专横的态度把我的父母斥为"愚蠢的老东西们",真是非常无礼。我坐在那里想:"多么可怕的女人!"她接着解释道,一旦非婚生子成为既成事实,大多数家庭都会在一段时间后适应这种情况,不论一开始多么震惊。"你可能会发现,"她说,"孩子会成为你母亲最喜欢的外孙。我见过这种事。"

理智告诉我她是对的。如果我要继续,就必须是在这样的条件下继续。我每星期只挣五英镑,根本存不了足够的钱让我独立。总得有人来帮我,但孩子的父亲帮不了。也许我的父母在经历了最初的恐惧和痛苦后,会转而承担起责任,但如果他们真这样做,那将会在情感和经济上付出巨大的代价。他们的生活和我的生活一样会被全部打乱,变得复杂。我觉得,由于我自己的一时愚行,竟然强迫他们陷入这样的境地,这是不可容忍的。怀孕是我自己的事,与他人无关。

"不行。"我说。

"那么,"这个女人又说,"如果你去堕胎,你一定会非常后悔的。你的身体状况很好,我想说,到目前为止,你的孕期状态非常理想。如果终止妊娠,你还会遭受各种痛苦。"她低头看了看自己的手,然后将手伸向桌面,把文件夹整理了一下。随后她抬起头来,眼神犀利而精于算计,"当然,"她继续缓慢地说,"这完全是你自己的事。如果你愿意,这完全由你决定——"她停顿了一下,意在强调随后的动词——"如果你想谋杀自己的第一个孩子的话。"然后她看着我。

"没错,是这样。"我说着站了起来。她的眼神,她对动词的选择,在一瞬间理清了我的思路。现在,我知道必须着手去找一个给我做流产手术的人。

走在街上,我笑了起来。"毫无新意的道德绑架!"我想着,"谋杀,真是的!"竟然将这个词用在一个刚发育了两个半月的胚胎上,我突然觉得,这简直就是胡说八道。现在在我子宫里发生的一切,仍然只是关于我自己的一个生理过程,是我身体的一次新的分离。将来可能会存在一个需要加以考虑的生命,但在现在这个阶段,没有。

我怀孕是出于潜意识的意图,而且一怀孕就清楚地认识到了这一事实。从第一天开始,我就感觉非常好,也很自豪。我已经在做着孩子们坐在婴儿车里的美梦了。我知道我想要个孩子,我知道我的身体为了达到这个最渴望的目的已经做出了安排,我的潜意识里也是如此。在我去拜访那位妇女之前,我一直在认真考虑要生下这个孩子,但现在我知道,我不会,而且并不遗憾。生孩子并不是治愈母亲的手段。我是否会因为这个决定而产生身心创伤？如果是，那就太糟了。但是，除非我确定自己能做好，否则我是不会成为一个母亲的。

结果，那个女人对我的警告从来没有变成过现实。在身体上，我的健康状况在怀孕三个月后明显改善，随后进行了刮宫手术，任何可能造成的创伤迄今都尚未显现。我常常为自己没有孩子而感到遗憾，也时常发觉自己又动起了想要弥补这件事的念头，不过我原本以为可能会出现的两种态度在我身上都未见迹象：对于别人的孩子，我既没有一看到就渴望，也没有一看到就退缩。我喜欢这些孩子，喜欢他们的陪伴，觉得他们很有趣，但似乎也就是如此而已。我只能假设，也许我天生确实拥有母性，但并没有这么强烈吧。

懒惰和任性在多大程度上影响了我的决定？一定有所影响。我坐在咨询室那天，无数的情感汹涌而过，这无疑令我对前景感到沮丧，比如必须找到新工作、新住所，将自己连根拔起（尽管我很清楚自己当下的生活枯燥、空虚），转而去埋头解决超出我经验之外的实际困难。我的惰性很严重，让我不愿面对自己无法避免的复杂情况。某种程度上，我是一个懦夫，不是面对其他事情，而是面对需要努力之事时的懦夫。

但是，尽管我对自己态度的辩解，很可能在某种程度上曾经是——现在看来也是——在为一种精神力量的缺乏寻找借口，但这些辩解中谈到的其他因素确实存在。我现在依然认为说堕胎非法是荒谬的，我不相信无意识的东西可以被"谋杀"，对我来说，阻止生命和结束生命大相径庭。我钦佩那些能为自己的行为承担全部后果的女性，如果她们还能成功，我甚至会羡慕她们。不管她们是否真的认为生命必须得到尊重，还是服从了自己的渴望（我想，情况往往如此），她们都表现出一种我所缺乏的勇气。但让一个孩子接受非婚生子的命运，确实肩负了沉重的责任。而我，只有当我觉得自己有能力提供保障时，才会真的去做，而这种保障是当时的我无法提供的。

我是这么说的，也是这么相信的。但是，假如那个坐在桌子后的女人在提出同样的观点时，并没有以那种态度令我立刻对她疏远；假如她能做到面对真实的我，而不是面对一个她脑子里设想的怀孕的姑娘谈话呢？……也许，我的观点会发生改变，我的人生会转向另一个方向。尽管理智和我的弱点交织在一起，使我难以厘清，但我也并没有完全摆脱遗憾。我很高兴，我没有冒险让一个孩子过上艰难的生活，但对于自己不是那种敢于冒险的女孩，还是有些惋惜。

14

战争的第三年，也可能是第四年初，我还在BBC工作，日子稍微有了些起色，因为菲利克斯成了我生活的一部分，我也离开了卧室兼起居室的小单间，搬到一套与另一个女孩一起合租的公寓——这本是一件很平常的事，但同时也是数以百万计的职业女性都会铭记的生活转折点。之前，我的日常生活是这样的：只能用小煤气灶煮东西吃（房间里通常禁止油炸，因为味道很难闻，而且会把油溅到地毯上），一半衣服都在沙发下或衣柜顶上的手提箱里，吃饭前还要将桌上的书和正在写的稿子挪到沙发或椅子上才能摆放餐具和食物，每晚要把沙发整理成床铺，还得伴着不知是谁身上发出的呛人烟味入眠。置身这样的生活,谁会不觉得自己只是处于一个静待时间流逝的临时阶段呢?我曾为自己在那蜗牛壳般的卧室兼起居室施展的设计天才而暗自自豪,觉得既住得舒适,又能掌控周边一切,因此,当我第一次体验到公寓的美妙自由时,完全没想到自己对摆脱单间生活竟如此欣喜若狂。我之前不觉得单间生活可怕,但也正是这种后知后觉的恐惧,令我下定决心"再也不住那种地方了"!

在公寓里,我们可以举办聚会。其中一个朋友带了个小个子匈牙利人来,据说在干出版业。他似乎对我们这群人不太感兴趣,尽管当时并没有明确说出来,但之后我确实听到他在问:"我们可以走了吗?"他坐在地板上,一副孩子气的倨傲神情,唱了一首《迷雾水珠》,就好像是自己发掘了这首歌一样。因此,当几天后他打电话邀请我去看戏时,我大吃一惊,但同时也很高兴,因为我相信与出版业有关的人一定都很有趣。

没过多久,我们就决定不再维系恋爱关系。相反,我们不知不觉形成了一种亲密得令人好奇的友谊,甚至比我在家里的任何关系都更接近于手足情谊。我的亲弟弟和我,小时候曾是亲密朋友,但现在他已经从我的生活里消失了。首先是因为上学,其次是因为学校对他的影响。他讨厌学校,童年的大部分时间,他都逃避进一种愚蠢到接近痴呆的状态里,只有假装猎场看守人(或最好是偷猎者),穿一件有很多口袋的旧背心,嘴里说着方言,独自或和村里的朋友们一起在贝克顿的树林里游荡时,他才觉得快乐。当他褪下了这种伪装时,我已经去了牛津,再后来,战争又将他带向远方。我们很少见面,但见面时,总能舒适、自由地谈话或彼此倾听,也能看清彼此身上的缺点,我们之间的感情也从未消失,但除了个性和回忆,我们已经没有太多共同点了。而和匈牙利人安德烈·多伊奇在一起,我能分享自己的生活方式、政治观点、对艺术的兴趣,以及一种无须强求就形成的,类似之前和弟弟之间的那种亲密关系。

我们开始经常见面,并以一种不怎么平衡的方式成为知己,说"不平衡"是因为我常常会低估自己的价值,安德烈却对自己的价值毫不怀疑。他随时准备好以任何实际的方式为友谊付出——比如借钱给我,或者如果我患了流感卧床不起,他就会送来丰富的食物——但他很难相信,我(或其他任何人)对讨论我们自己生活的兴趣,并不亚于讨论他的生活。

他在战争爆发前来到英国,表面上是为了完成学业,私下里却决意在这里定居。他保持着自由主义的观点,父亲是犹太人,所以在孩提时期,他就认为霍尔蒂[1]领导下的匈牙利不是他想要的国家,而英国文学加上他所听到的关于大英帝国的一切,使他觉得英国才是他的归宿。没有受到任何事件的巨大冲击,就这么早完成了忠诚度转换,在我看来很是不同寻常,也很奇怪。安德烈做出这样的决定是因为对当时的整体氛围有所感触,而不是因为发生在他或家人身上的具体事情,当我问起这件事时,他只是回答:"哦,我一直都知道,这就是我想做的事。"他被战争所困,身无分文,经济来源只有身处瑞士的一个叔叔偶尔寄来的支票。他四处找工作,曾在一家大酒店当楼层经理,但这时警探找到了他,把他转移到了马恩岛[2]。然而,被当作"外敌"也并非完全糟糕,他被拘留的时间并不长,一旦释放,

---

[1] 霍尔蒂·米克洛什(Horthy Miklós),曾任匈牙利王国摄政王(1920—1944)。
[2] 位于英格兰与爱尔兰间的海上岛屿。

就可以自由地选择从事任何文职工作，只要按时向外国人办事处报告即可。很偶然地，他进入了一家历史悠久、当时已经摇摇欲坠的出版社，任职于销售部门，我遇到他时，他已经深入研究了这家出版社的结构，还攒了一些钱，开始谈论想要自己开公司的事了。

安德烈与我同龄，都是二十六岁。那个时候，除了挣来的一点钱之外，他身无分文，在这个国家也没有任何亲戚、老朋友或用得上的关系。我常常饶有兴趣地听着他的计划，还经常给些建议，就像听人们谈论自己在爱尔兰赌马中全赢以后会干什么一样。有一天，我们手挽着手在苏豪区散步，他忽然问我："如果你加入我的计划，至少要挣多少钱你会觉得过得舒适？"

"我不知道，"我回答，"那我现在挣多少钱呢？"他用我的周薪给我算出了年收入（他将来也会常常这么干的），应该是三百八十八英镑，我相信——BBC按照公务员薪资标准发放工资，而我所在的临时女文员这一类别，在那些薪资标准里级别并不高。

"五百英镑怎么样？"他问我。我同意了，觉得这么一大笔钱是可以考虑的，因为也仅仅存在于他的想象中而已。我当时还不知道安德烈是那种想到什么就会去做的人。的确,当那个时刻来临时,事实证明起初五百英镑的估计有些乐观——但那个时刻终究到来了。

我有时会想,如果机遇把安德烈带进房地产、汽车制造或餐饮行业,他那执着的天性是否会像抓住出版业的机会一样抓住它们?或许也不会有什么差别,但确实很难让人相信。那么艺术品交易,或音乐会推广呢……虽然他的天赋非常实际,附身于他的恶魔是商业恶魔,而不是文学恶魔,但我依然无法想象,他的天赋会为与艺术表达无关的目的发挥作用。对商业恶魔而言,终极好处是用金钱换取权力,但安德烈心中的恶魔有所不同。他非常关注金钱,但只是关注金钱这个观念,而非占有金钱。如他可以拥有汽车和漂亮衣服,却对自己的收入漠不关心;一本书出现微不足道的成本计算错误,或谈判时令交易对手稍占上风,都会令他痛苦呼号,但这种痛苦并非源于金钱,而是美学层面的:他觉得受到了冒犯,就像文体家被一个糟糕的句子冒犯,或室内设计师被一排丑陋的陈列物冒犯一样。他的生活中唯一不可缺少的权力就是做自己的主人,对别人行使权力时,他不情不愿,而且十分笨拙。由于某种命运的安排,他的商业恶魔已经与书籍生产牢牢地捆绑在一起,如果被切断与书籍的联系,它的能量就会逐渐流失。不论安德烈对自己的这种痴迷感到不满时会说些什么,他无疑都是个有使命感的人。

没有比我和他更不同的两个人了。他是我遇到的人里记忆力最精确、最强大的,而我除了人和感觉之外,几乎什么都不记得;他是个非常注重细节的人,我却马马虎虎;他对钱有一种本能的理解,知道用钱可以做什么,比如公司结构,或新企业的融资,这些都是他无须任何经验就能马上掌握的东西,但对我而言,最简单的合同也是没有实际价值的:如果集中精力,我也能理解纸上的文字,但这些文字除了纯粹的陈述外没有任何含义,我也无法组织出一套观点对它们提出批评;安德烈有时有一种偏执而盲目的驱动力,认为自己的目的既必要又正确,我则有一种脱离现实的超然态度,总是准备好相信,问题的另一面可能也有些道理;最重要的是,安德烈非常主动,他会主导事情的发生,而我是被动的,我接受发生的事情。在我们的长期合作中，我更容易看到自己的收获，却不容易理解他为什么看重我。

战争一结束，安德烈就成立了自己的公司，公司名叫艾伦·温盖特，我们随意取了这么个名字，因为当时觉得"多伊奇"[1]这个名字还会受到歧视。我需要对BBC的工作收尾，随后又在贝克顿休了三个月的假，所以一九四六年才加入他的团队，我现在已经记不清那笔少得离谱的开办资金是如何筹集到的了，也就三千英镑多一点。我只知道，其中一部分来自一个制作手袋的人，他很喜欢书，并认为安德烈是个能走得长远的年轻人。印刷商、装订商和造纸商也得出了同样的结论，因此慷慨地让他赊账，不辞辛劳地提供帮助。一方面，他们确实被他迷住了，因为安德烈能发挥自己的巨大魅力；另一方面，他们也确实被说服了，因为绝对的信念会孕育信念。幸运的是，安德烈是个诚实的人，如果他是个骗子，他一定是具有催眠力量的病态说谎者之一，能够长年编造谎言欺骗所有人，仅仅因为说谎者对自己深信不疑。

---

1 Deutsch，多伊奇，德语中有"德意志"之意。

我们的第一间办公室有两个房间、一条走廊和一间厕所，厕所旁是一间带天窗的小屋，里面坐着一排闷闷不乐的小个子男人，帮我们记账。他们闷闷不乐并不意外，我还记得最初几年，我们最大的痛苦就是账单：必须付账的痛苦以及尽一切所能逃避付账的痛苦。一直以来都有这么一个说法，没有一大笔钱，就无法创办一家出版社。在当时，这笔钱的最低金额是一万五千英镑，是安德烈所筹集资金的五倍，到了今天，这个金额是五万英镑。我确信，在任何时期，凡是准备努力工作的人，都可以将这个数字安全地减半，对于狂热者来说，这个数字则可能会缩减到四分之一——但缩减到五分之一，就实在太过分了。这间出版社后来发生的一些事情本来是可以避免的，但如果我们一开始能筹措到更多资金，也许根本就谈不上需要避免了。

与此同时，尽管为钱发愁，我们还是非常享受这份工作。我们犯过几次错误，出版过一两套用手工纸印制的精美图书版本，配上名贵艺术家的木刻插图，采用布面装帧，这是刚刚接触图书制作和生产的人极少能抵抗的诱惑，但这些书从来没有赚过钱。而对于其他绝大部分图书，安德烈对每便士的锱铢必较，使我们能以经济实惠的价格出版它们，最终经历重重困难，成功将这些书发行到了合适的渠道。在日常开支方面，哪怕只是增加了一英镑没必要的花费，也会令我们大惊小怪："你关火了吗？""你为什么用新信封装这个？你不知道贴纸是干什么用的吗？"我们把库存图书放在通往厕所的通道里，那里放着一张狭窄的长凳，每到出版日前，整个公司的人都站在那里，在真正的包装工布朗先生仁慈的目光下，用贴纸和细绳干活。

不管是谁开着安德烈的小汽车在伦敦送货，总要由布朗先生陪着，因为按照规定，必须是工会成员才能将一包书交给另一个工会成员。我曾经很享受送货的过程，一路上听着有关伦敦的各色趣闻逸事，因为布朗先生总是口若悬河，为自己熟悉这个城市的每一寸土地感到自豪，他确实非常熟悉。但他对一些事的解释有时非常古怪，比如博物馆在他嘴里变成了教堂，纪念碑是为了纪念在它们树立很久之后才发生的事件或存在过的人，等等。布朗先生口中的伦敦还发生了一些其他奇怪的事，比如伊斯灵顿有人为了一先令就咬掉老鼠的头，还有威斯敏斯特大教堂附近有一座建筑，上面摆满了沾满鲜血的圣像,"你知道的,基督的血啊,血腥玛丽之类的"。我问他是怎么知道这些事的,他告诉我,他曾经在那里待了整整一个晚上,独自一人,按要求进行包装工作,这些沾满鲜血的圣像让他觉得非常压抑,以至于当主教在凌晨三点给他倒了一杯葡萄酒时,他被吓得几乎叫出声来:"葡萄酒,他就是这么说的,但如果你问我,我可不这么觉得。"于是我笑着说:"你是说他想毒死你吗?"他回答说:"嗯,我也不知道我会不会这么说。"但他的声音里充满了怀疑。然后他又说,到了清晨,来了许多女人,她们从头到脚裹着黑衣服,所有人都心碎地哭泣。布朗先生经常让他的故事像这样带有悬念地收尾,但我被这群悲伤的黑衣女人困扰着,所以催他解释。"哦,她们都是些有身份的天主教徒,你知道的,"他说,"有个老红衣主教翘辫子了。所以我尽力使她们高兴起来,真的。我对她们说,我可不会为他这么难过,对我来说,他就是个普通人罢了。哎呀,她们可把我当成大坏蛋了。"

　　布朗先生通常会直呼我的名字,但我总觉得直呼他的名字不礼貌,唯一这么称呼他的人只有安德烈。布朗先生是个慈父般的人,心地善良,虽然这种善良有时会令人不安。"不，"他说，"我不赞成在公共汽车上把座位让给年轻姑娘，她和我一样健康，自己能站着，除非是她每月不方便的那几天，我才愿意。""可是布朗先生，你怎么能知道是哪几天？""怎么知道？我能看出来啊。我看你们一眼就能看出来。"小企业里的亲密关系可真不是想象出来的。

公司兴旺发达，出版的书质量越来越高，销量也越来越好，但出版业钱出得快，进得慢，所以我们手头经常没有余钱。每隔一段时间，账单就会堆积如山，超出危险界限，必须采取措施。面对没人认识有钱人的事实，我们会短暂地感到一阵茫然绝望，但这时安德烈往往会嗅到一丝气味。结果往往是，有人认识某个一直想投资出版公司的人（此人曾经是一个马桶圈制造商）。我现在明白了，总有人会有这种兴趣的，但在那些日子里，这对我们来说几乎就是奇迹。他们会安排会面，建立友谊，然后就会出现一个新董事，至于这位董事是否积极参与公司事务，那就因人而异了。

以这种方式招来的董事（在巅峰时期，我们有六名这样的董事）的问题在于，他们把自己当成董事，这并非不合理，但我们认为他们只是挂名董事。我当时在公司里还没有自己的官方身份，只是个员工，还不是合伙人，但因为我非常了解安德烈，也一直和他一起工作，几乎从一开始，我就是他的亲密盟友，所以我和他一样，根本不愿意看到别人去控制本质上属于他的公司。只有最后一个加入的董事有点出版方面的实际经验，但没有任何人有安德烈那样的天分、对细节的眼光以及勤奋工作的能力。

安德烈是被一种浪漫的观念吸引到英国来的，他一直保留着这种观念。如果遇到一只匈牙利鹅，他会看出它的本来面目，但要是遇到一只英国鹅，他开始总会觉得那是一只天鹅。这导致他干了件蠢事。某个逐渐介入的董事获得了公司百分之五十一的股份，在这个棘手的节点，他同意了一份"君子协定"，而不是通常白纸黑字写下来的劳务合同。显然，"君子协定"这个词听在安德烈耳朵里显得非常"英国"。尽管对方拥有财务控制权，他却期望人家扮演办公室勤杂工的角色（他自己后来也这么哀怨地评论道），指望这样的协定能起作用，显然是妄想。

处世圆通是必要的：圆通，克制，双方都有随和的性格，也都具备相当或互补的能力。可惜这些条件我们都没有。这家公司表面上日益兴旺，实际上内部却陷入了游击战般的糟糕状态。当我回忆起我们当时投入其中的那种劲头时，真为自己感到羞愧，只是到现在我也没弄明白，除了按照安德烈的条件来之外，我们还能有什么方法可以继续津津有味地工作或者从中有所收益呢？

经过五年的艰苦工作，我们把办公室搬到了骑士桥街上一幢漂亮的房子里；出版了一些很好也很成功的书；然后开始盈利了；做生意逐渐自如起来。然而，在那痛苦的一年里最后痛苦的几周，我们却坐在办公室里（好吧，我们必须生气地承认，钱确实不是我们的，但要是没有我们，根本就不会有办公室），陷入了四面楚歌的阶段。

到了那一年，大家的脾气已经被磨得差不多了。比如一位董事起草了一份合同，总是能很快嗅到隐患的安德烈会从桌上捡起这份合同："你疯了吗？"他叫道——虽然他发现的确实是一个严重疏忽，但也无法使他的干预变得更容易被对方接受；而另一个董事写了一篇图书推荐文案，我会把它拿到楼上，完全不征求他的意见就重写一遍。虽然他的版本确实令人尴尬,而且即使我要求他修改,他也不会同意,但哪怕如此,我的行为也依然是专横的。通常,缺乏经验和能力不足这些问题如果遭到呵斥,反而会变得更加严重,又会导致新一轮的恶性循环。很快,我们就发展到了这样的阶段:先是在背后病态地剖析对方的性格,然后敌对派系为了和解,相约一起喝酒,等回到了办公室,又再次找出对方新的毛病剖析。我们的一位董事在喝了三杯酒后很容易哭,但他自己似乎并没有注意到这一点,他开始总结自己受到的侮辱,眼泪从他圆圆的蓝眼睛里流出来,流淌在他宽阔的脸庞上。我为他感到难过,有那么一个瞬间,我真诚地相信,我们确实在讨论改善彼此关系的方法,但从头到尾,我在观察这一非凡场面时都在心里偷笑着,只等安德烈和我单独在一起时,讽刺地讲给他听。我真的怀疑,不愉快的婚姻是否比不愉快的商业伙伴关系更能激发出人性中最糟糕的一面。

可怕的是,在这种情况下,双方开始对最近发生的事情相互指责,他们都深信自己说的是真话,而且会对一段对话或一件事讲出两个完全相反的版本。当达到这一临界点时,没有任何一个人(我们曾邀请过几个中间人）能弥合这种分歧。而双方一旦开始在律师办公室开会，那就意味着最好放弃吧。

我们一直没有放弃，直到大家都将自己关在各自的房间里，只通过秘书交流。到了这个时候，安德烈不得不承认他别无选择：另一个人拥有财务控制权，而他自己事前没有签订任何书面协议。"君子"这个词，很难适用于此时此刻我们任何人身上，我们被打败了。

我不记得安德烈是在哪里和我坐下来消化这个事实的，但我的印象是，我们之间有一张桌子，上面放着白色杯子。"那么，"他说，"我们现在怎么办？"我们面面相觑，几乎不需要再说什么——除了创办另一家公司，我们别无选择。

安德烈对此应该毫不怀疑，这是很自然的，但我的想法和他一样，这说明即使我不是个职业女性，至少也是一个找到了事业的女性。所以，我想，我确实找到了。我曾经希望，现在仍然希望，我不需要为了生活而在办公室里打工，但如果必须这样做，那么出版社的办公室是可以接受的。关于新公司，我们的朋友尼古拉斯·本特利和我成了（而且一直都是）除安德烈之外仅有的两个执行董事，有关参与这个新公司的成立和发展的故事我想先存着，以防安德烈有一天想写，但如果要我谈谈这个"游戏"有哪些我喜欢的地方，那我现在就可以谈。

图书 X 没有图书 Y 好，图书 A、B 和 C 的存在确实有充分理由，但我不感兴趣。图书 D 和图书 E，天知道我们决定出版的时候在想什么，这两本都会失败，也应该失败。图书 F 很令人尴尬，我不喜欢，也不觉得它好，但确实给我们赚了很多钱，实际上也没什么害处。但是图书 G、H、I、J 和 K，这些书我很高兴曾经关注，有些声音值得倾听，其中还有我觉得非常珍贵的那种。这种书并不多，因为没有哪个时代会一下子有这么多好作家，但我相信，这些书必须存在。这就是我以及出版界的其他人喜欢这份工作的原因，尽管他们中的一些人会装出一种"精明商人"的态度，在鸡尾酒会上说一些诸如"我从不读书"或"我受不了作家"之类的话。如果一个出版商自己不具备商业头脑，他的合作伙伴也不具备商业头脑，那他就是个糟糕的出版商；但如果他只有商业头脑，那他可以去从事生产洗涤剂、鞋子或装饰织物的工作，而不是出版书籍。

除此之外，这是一份很适合我的工作，因为它需要一些随机应变的元素，但又没到疯狂的程度。这份工作的性质决定了它不会僵化为按部就班的常规工作。这一点常常使我怒火中烧或闷闷不乐，甚至鲁莽行事：因为我实在太想知道，从事一份从一开始就确定能不受干扰地顺利完成的工作是一种什么体验。不过话说回来，我也因此不会经常感到无聊。

我曾梦想拥有一间漂亮的办公室。成为董事以后，我想象的是，因为我会将生活的大部分时间花在工作上，所以我将有一个能给予我快乐的房间，里面摆着一张很宽的桌子，一把舒适的椅子，架子上放着装饰品，墙面是我喜欢的颜色，屋内还摆放着画和植物。一连几个星期，我都在脑海里琢磨这个房间的样子，但是，我们搬进去的那天，就是它看起来漂亮的最后一天。我们的第三个合作伙伴尼古拉斯·本特利，是一个一丝不苟、爱整洁的人，他就可以做到不被纸张困住，根本不像我这样，邋里邋遢，缺乏条理。但我们的大多数工作都离不开纸，我们的工作成果也都是纸制品，怎么可能控制纸张呢？尚未归档的信件和信件副本，提醒着我还需要去处理；一本版式设计簿，里面有几张画着草图的活页纸；期刊以及从期刊里剪下的剪报；用过的信封背面写下的备忘录；记录各种事项的清单——出版日期、签订的合同、图书价格变动、购买的广告位、邀请参加聚会的人、接受赠书的人员；图书封面或内文用的纸张样本；打印稿和大纲；关于打印稿和大纲的报告；校样，包括毛校样以及清样；一个艺术家提交的图书封面初稿，或一幅已经完成的艺术封面，我只需要打电话给艺术家做些更正……永恒的秋天落下了纸张的叶子，堆积在我的书桌上，又散落到地板上，再次堆积起来，要是不把这些纸堆推翻，我都无法移动我的椅子。我的参考书永远也没法掸灰，因为上面总是堆着一摞纸张。如果需要尺子、剪刀或橡皮，我就会在书桌上的一堆纸里摸索，一张张不安分的纸张就会飘起来，然后扑向地板上的纸堆。只有超大尺寸的火柴盒和大罐装的胶水才能解决我的问题。要是盒子尺寸小了，就会淹没在由彩色墨水瓶、透明胶带以及装着回形针的漂亮贝壳形盒子组成的纸堆海洋里。通常只有铅字尺会出现在纸面之上，因为只要它脱离我的视线，我就会变得歇斯底里。

铅字尺是一把很薄的金属尺，上面标明了活字排版的度量单位：十二"点"活字被称为一个"派卡"，而十二点的全身则有这么长：一，这一页的活字排版区域有二十二派卡宽，本页的设置就是十二点活字，两行间还有一个点的空间。铅字尺是活字排版人员使用的工具之一，在编辑桌上本来没有任何用武之地。虽然我们公司已经发展到不能再被称为"小公司"了，但感觉上仍然像个小公司，就在不久之前，我们每个人还需要打理各种杂事，我们也已经养成了这种习惯。就因为我多少能画点儿画，也喜欢设计方面的难题，我就忽然变成了安排广告的人。通过这份工作，我又了解了大量有关书籍设计的事儿，如果需要，或许也得干一干；有时还干点设计传单和展示牌等零工，也能对别人的设计提出批评意见。现在，如果制作部门负担太重，那么由此多出来的设计工作就会尽数落到我的手上。这部分工作最接近于把一本书作为实物来制作的过程，能了解印刷工、装订工和制版工所面临的问题。也正是在这里，工艺要素发挥了作用。正因如此，这个过程也就像一切制造业的工作一样，非常引人入胜。我的铅字尺已经成为一个象征，象征着我是一个书籍制作者，而不是书籍销售者，也不是作家作品优劣的评判者,这三种活动中,制作最令人舒心,它的流程也最为理智,结果最为可靠。

所以,每当我刚刚静下心来编校纸稿,或阅读某个苦苦等待了数周的倒霉作家的作品时,内线电话总是会响,是销售经理:"我答应了哈查兹书店,后天要给他们某本书的展示牌,有可能吗?"我只好把纸稿或手头的书本推到一边,刨出设计簿,开始涂鸦,然后拿去给街对面的招牌制作工(我得亲自送过去,因为我肯定需要去解释,字体要用什么样式,以及虽说我画的女孩有点斜视,但实际上招牌上的女孩不应该是斜视的)。当我刚有个想法,电话又响了,问我是不是记得我们需要在《观察者报》上刊登的六英寸广告复印件今天必须发过去,或问我要发给律师可能涉及一桩诽谤诉讼的信件草稿是不是已经拟好,或者关于X书的书封简介准备好了没有,或"赫根帕夫先生带着一些给你看的插画已经到这里了,他说已经和你约好了",或"有一位女士打电话来想要交一份手稿,但她说是波兰语写的,所以必须跟一个编辑谈谈",或"请你跟Z先生说一下话吧,多伊奇先生说自己出去了"(哦,老天啊,这下麻烦大了!)。在许多日子里,唯一适合表达我感受的方式就是一声尖叫，这样的事情不仅发生在我的办公室里，也同样发生在安德烈以及尼古拉斯·本特利的办公室里（尽管他非常整洁），在某种程度上，其他所有办公室的情况也都一样。即使是那些专业人士，舒适地专注于自己的专业范畴，比如销售经理、发行经理、会计、管理发票的职员、包装主管，就算是他们，处理的也不仅仅是一个流程，而是有多少正在制作和销售的书籍，就有多少个流程，因为每本书都需要独立的操作，都有自己的问题和时间表。

困扰出版公司的许多问题其实并没有直接来到我这里，但它们全在空气中。这可不是一份平和的工作。

除了这种不受常规束缚带来的勃勃生机之外，这份工作还有一个我喜欢的方面：与作者见面。艺术家不一定讨人喜欢，对此我毫不怀疑，许多出版商会举出他们一方面欣赏某些作家的作品，同时又厌恶这些作家为人的例子。我很幸运，在我所认识的作家中，通常是本人越优秀，我越喜欢他（她）。"我们就是一群神经病，每个人都是。"其中一个作者这么对我说，当然，就算在我所认识的这些不错的人里,也有极端喜怒无常的,超级敏感的,对别人的工作心怀怨恨的,重度酗酒的,本身是一个糟糕丈夫的,无法通过语言沟通的,快活地一意孤行的,以及传统意义上不道德的人。然而,在这一切表象之下,他们私底下都是心智健全的人,在我看来,并不是神经病。对他们来说,真相是重要的,而他们也能看到事物的真相。我在出版业找到的最大乐趣就是认识了这些人。

相处其实很容易,因为出版商通常只在读完作者所写的作品之后才与他们见面,如果认为作品不错,那么即将从门口走进来的人会是什么样的并不重要。出版商对作品颇感满意,作家对自己的作品能引起他人兴趣也颇感满意,除此之外,双方都没有义务努力建立亲密的私人关系。这是一个温暖又不苛求的开端,如果真的由此开出了喜欢的花朵,也是一种自然的发展。我自己的感觉是,如果我真的因为一本书而感到兴奋,那种感觉更像是一种奇异的、远距离的爱,而不仅仅是喜欢:就像我看到了坐在我对面的这个男人或女人的头脑,然后想着,"这些全是出自这个脑袋啊",我真想把它捧在双手之间亲吻。很难有其他类型的中间商,他们的商品能引发如此激动人心的感觉。

当我刚刚踏入出版业时,发现自己对优秀的写作有着深厚的敬意,对此我并不特别惊讶。我以前并没有多想,是因为我没有机会用到这种敬意,但它一直在那里。怎么可能没有呢?这不仅是因为我成长于一个爱读书的家庭,也是因为我生活中的大部分时间,几乎可以说都是在印刷出来的文字、画布或屏幕呈现出的图像之中度过的。

这是个令人吃惊的认知。我从一九一七年活到如今的一九六一年,仅仅通过印刷文字和图像,我了解了暴力;了解到社会的不公和革命;目睹犹太人跌跌撞撞地走下水泥台阶,走进毒气室;体会到恐惧和饥饿,感受到失去自由或勇气的心情,也体验到摆脱贫困和为自由而战的冲动:这真的非常令人震惊。我还记得,当看到荧幕上出现贝尔森集中营里的影像时,那些柴火棒一样的肢体从成堆的尸体中以别扭的角度伸出,脚显得异常大,腿则萎缩到骨头般粗细,我被一种可怕而寂静的不真实感吞没了——这是我自己的不真实感,而不是那些影像的不真实感。同样,书籍是我通往广阔领域的经验之窗,其中既有破坏性的,也有创造性的,而我从未在这些经验中生活过。诗人、画家，严肃的散文作家，他们与演艺圈人士（尽管我也很感激后者）截然不同，我欠他们太多了，根本无法想象如果没有艺术家，我会变成什么样。我将终生感激安德烈·多伊奇，感谢他参加了我的聚会，并因此引导我从事了一份工作，让我了解到一些人，迄今为止，在我看来，他们称得上是世界上最真实的人。

15

总而言之，随着战争结束，我认为值得做的工作也来到了我的身边。如果有人问我，这是否使我感到幸福，我会回答："幸福？当然谈不上。但是，人的一生中，谁又能拥有几个月以上绝对有把握的幸福呢？"但我知道自己是幸运的。我那失败感的基调始终存在，就像河床，然而，经过河床的水流比我想象的要深多了。工作给我的生活带来了足够多的事件和变化，仅此就能让我满足了。

我一直没什么社交生活，现在也没有。我从来没有结交朋友的天赋，只有些密友之间的快乐。有些人会有三四个以上的朋友，会经常想见到他们，会召集一大群熟人来参加宴会等，尽管彼此未必十分了解，却很喜欢他们的陪伴，这使我又羡慕又嫉妒。我年轻时非常喜欢参加聚会，只要有聚会就开心，当我走上楼梯时，那交谈的低语和玻璃杯的碰撞声，女人身上散发出的香水味，人群中迸发出的笑声，还有闪烁的灯光——这些都会令我开心不已。当我二十多岁时，有一次突然想到，将来有一天，我可能不仅不会再跳舞，而且对此都不介意了，我就不由地哭了起来。但现在，尽管通常情况下，参加聚会时我也很享受（除了大型的鸡尾酒会，那纯粹是与社交乐趣唱反调），但要是不参加我也不怀念，只有在战争刚刚结束的那几年偶尔怀念一下。我之所以过着这种与社交隔绝的生活，一方面是因为没有钱也没有空间，我没有能力好好招待别人，只能随便招待一下；另一方面是因为，作为步入三十岁的单身女性，这是很自然的结果。我此时新认识的人们通常都是已婚夫妇，他们的朋友也大多如此，因此很少有场合能让一个多余的女人自在地置身其间。但我怀疑，最主要的原因，是我不愿意对陌生人表现出超越表面的兴趣，所以我才如此异乎寻常地与外界隔绝,其他同龄单身女性的社交生活似乎比我更活跃一些。

我并不孤独,因为多年来我一直和一个表妹同住一套公寓。我的亲妹妹在战争期间结了婚,随后很快就搬到了国外生活,因此我和她的关系不如和表妹亲密,虽然我很喜欢她,但她也并不是一个更合得来的生活伴侣。表妹比我小八岁,是个特别漂亮的姑娘,有着令人难以忘怀的个性,她的生活比我丰富得多,而我,过早地养成了一种常见于温和的中年妇女身上的心态,即对别人的生活有着浓厚的兴趣,以此在很大程度上填补自己的空虚。在那些年一成不变的生活中,我感到自在舒适,在偶感痛苦时,我的反应不是对抗自己的处境,而是刻意试着去逆来顺受。但要说令人满意的工作使我感到幸福,那我也说不出口。但有一件事,虽然每年仅占据我生活的一小部分,看起来无足轻重,却比工作更能改变我生活的色彩。

那就是假期。我不是个常常旅行的人,如果能做到,一年也只有一次会四处观光。但那些去法国、意大利、南斯拉夫和希腊的短途旅行,对我的生活产生的影响仅次于爱情。

对此，我依然要感谢那位教我欣赏绘画的姨妈。战前，我曾两次随着父母出差时出国，都是开车在欧洲快速转一圈，在这里住一晚，去那里住两晚，最长的一次是在布达佩斯住了五六晚。我们每天大部分时间都在奔波，需要和父亲推销云母的对象一起吃饭，这些人虽然有时很和蔼，但不太是我们愿意选择的同伴。这帮助我在脑海中形成了一张非常有用的欧洲鸟瞰图，只是这张图令人沮丧。我们会去巴黎、维也纳或布拉格——这些我根据书本、电影和传闻编织成的想象中的神奇城市，在那里任何事情都可能发生——但我们所做的只有早早上床睡觉，为第二天早起做准备。我经常不得不和妈妈合住一个房间，我并没有试图逃跑，一方面是因为我父母不允许，另一方面是因为我自己也感到害怕。但我还是渴望探出窗外，置身于异国的夜色中，呼吸着他乡的雪茄、咖啡、排水管和陌生树叶的气味，倾听着外国舞曲，这些音乐似乎总是从街对面灯火通明的门窗内挑逗般地传来。我非常想去这些地方，但同行的应该是一个男人——保罗或我在牛津的爱人罗伯特，甚至是吃饭时在房间那头打量我的任何一个男人。如果不行的话，我就只想坐在窗边，给我的朋友们写长信，倾诉我的苦恼。不过，我并不想因为泄露了自己内心对这趟旅行的期望而伤害父母，所以我像个好女孩一样上床睡觉了，在心里告诉自己，能来看看这些地方（我确实看到了）是多么幸运，但是，第二天吃早餐时依然打不起精神。

后来，战争爆发，旅行不再可能。我已经习惯了不去想它，也习惯了缺钱，所以不再认为旅行是我能做的事情。鉴于我一贯的惰性，如果不是一九四七年，姨妈意外地给我寄来一笔出国度假的钱，我可能再也不会踏上横渡英吉利海峡的轮船。

这是典型的来自姨妈的礼物，羞涩地、悄然地出现，从容不迫。还有什么礼物带来的快乐能与之比拟呢？我毫不犹豫地选择了佛罗伦萨，踏上了这趟简单的旅程，激动得浑身发抖，仿佛正在穿越戈壁沙漠。我原本期待着一走出火车站，就能走进弗拉·安吉利科[1]画作中那种金色、红色和蓝色交织的世界，但当我看到佛罗伦萨仿佛一块被太阳烤得苍白、快要碎裂的饼干，蕴含着一种与"佛罗伦萨"这个名字曾给我带来的完全不同、却更加撩人心弦

---

[1] 弗拉·安吉利科（Fra Angelico），佛罗伦萨人，意大利文艺复兴早期画家。

的美时,那种既惊讶又似曾相识、美妙的期待与现实交织的震撼感,我永远不会忘记。我记得普鲁斯特和他的名字戏法,他在那些从没去过或不会再去的地点名字与其真实情况之间建立起巧妙的平衡。"这种做法不适合我,"我这么想,"没什么需要平衡的。我现在站着的这块铺路石,墙上那张撕下来的招贴画,那棵落满尘土的小树,那块阴沟里的番茄皮——任何你能说出名字的物体,只要我能看得见摸得到,对我来说,就比我想象中的整个佩特拉古城或吴哥窟都更有价值!"

比发现佛罗伦萨真实存在更令人兴奋的是,我与平时的生活环境突然拉开了距离,我所习惯的日常被打破,得以从那个习惯所塑造的自我中解脱出来。我觉得自己仿佛赤身裸体,可以从头开始。我眼睛上的皮肤似乎被剥离了一层,神经末梢暴露在外。通常如果不是必须醒来,我能一口气睡十二或十四个小时,起床也是不情不愿,然而此时,我发现自己在早上七点半或八点就跳下了床,甚至因为自己在睁开眼后还想再躺一分钟而生气。我没有时间做任何别的事,只想着彻底沉浸于当下,去看啊,看啊,看眼前所看到的一切。战后的那第一次放松是我所度过的所有假期中最纯粹、最热烈的一次，它使我坚信，此后无论我的情况如何，都应该继续出国旅行。旅行的重要性，不仅仅在于能看到前所未见的风景和艺术品，不同类型的建筑，不同模样和肤色的面容，以及不同模式下塑造出的行为举止，还在于旅行者被这些变化从习惯中唤醒，会用不同的眼光去看待这些东西。

——记录那些平凡的旅行是很乏味的。在那些去过的地方中，我只需想想其中一处，就能确切地说出自己在这些旅行中收获了什么，那就是位于爱奥尼亚海中的希腊科孚岛。

我能认出砂岩、白垩和花岗岩，但仅此而已。我没法说出从科孚岛那薄薄的土壤下冒出来的是什么岩石，尽管它们突兀而杂乱突起的形状深深地印在我的脑海里。喜欢希腊的人有时会居高临下地将科孚岛称为"柔软的绿色岛屿"，因为这里的岩石远没有基克拉迪群岛或希腊大陆的大部分地区那么裸露，尽管植被丰富，但科孚岛的岩石骨架几乎和希腊其他地方一样接近地表。确实是岩石，而不是泥土。不是那种能形成平滑隆起线条的骨架，而是起伏、断裂、崩塌，由此产生的碎片粗糙、分层、坑坑洼洼，支撑着橄榄树阶地的墙壁就是由这些碎片建造而成。由于粗糙的砖石墙为手脚提供了支点，所以这些阶地都不难攀爬，但大多数也有自己的"路径"：容易爬的地方变得更加容易，岩石在那里形成台阶，或者被压成倾斜的、破碎的岩架，男人们经常顺着这里爬上橄榄树，老妇人们则从这里牵着山羊或驴子上来，让它们吃新鲜的草。

每块阶地都有不同的特征。有些是石质土地，呈赭色或浅陶土色，几乎是光秃秃的；有些则生长着许多蓟，其中一种脆弱而美丽，茎和叶都是铁青色的。在一块刚刚放过牧的阶地上，长着尖刺的小草小花会被压平，撒上肥料，很快就会变成泥土；另一块则是绿色的，长着很多英国人认为是草，但更柔软、更讨人喜欢的植物。每块阶地都长着属于自己的树木，树的根部围着一圈轻微的凹陷，下雨时能留住雨水。

我是个阶地鉴赏家。我会找一块比其他地方更绿、更柔和的阶地，要视野绝佳，上面还要长着一棵枝繁叶茂的老树，能比小树投出更大更深的树荫。这样的树在科孚岛很容易找到，那里的栽培方法（按其他希腊人的说法，这是科孚岛人的懒惰造成的)就是让橄榄树不受任何影响地长大、变老,直到它们裂开,扭曲成异乎寻常的形状。树干变形,树皮包裹的肌腱像绳索一样扭转分离,又再度连接起来,有时会留出窗户大小的空间,人们能从这里直接看出去。它们给人一种不安分的动感印象,与其柔和、平静的颜色很不相称,非常奇特。我曾在法国、意大利和希腊的一些地方见过单调的橄榄树——那种果园里矮小的树,形状单一,谈不上多漂亮——但因为看过科孚岛上的那些树,所以如果只能种一棵树,我会选择橄榄树:因为它多姿多状,树皮的粗糙感令人舒适;因为它小鱼般的叶子,顶部是黑色,底部是银色,投射出的阴影比任何树叶都点画精细;还因为它自古以来就具有的实用价值,这让它像小麦一样具有象征意义。

在科孚岛西侧的帕莱奥卡斯特里萨[1]有块阶地,我六年前第一次发现它,去年又去了一次。它的位置非常有利于水土保持,因此,相比旁边的阶地,它几乎像块草地。人可以躺在上面,尽管不铺地毯或毛巾不怎么舒适,但还是可以躺的(随着时间的

---

[1] 希腊科孚岛西北部的一个村庄。

推移，人的身体会越来越擅长撒谎。一开始，每颗鹅卵石、每个尖锐的凸起，以及在地上探索的蚂蚁都让人感到不舒服，但在几天的阳光、美酒和橄榄油的滋润下，身体就会放松下来，变得更能适应了，几乎可以像希腊工人一样，在下午炎热的天气里，躺在路边石头上就能酣然入睡）。

虽然这块阶地是个睡觉的好地方，但我从来没在上面睡过，因为我发现不可能停止四下观望。阶地的下面，被一棵低矮树木的银色树梢遮掩的地方，是帕莱奥卡斯特里萨的一个海湾。这里是陆地和海洋环抱之地，形成了一个三叶草状的结构，三个几乎封闭的海湾被两个陡峭的海岬分开，这些海岬可能曾经是岛屿，因为它们通过一条狭长的平坦陆地与更陡峭的主岛相连。其中一个海岬上有一座小修道院，但我所在的海岬上，果园上方只有讨厌的灌木丛和岩石。修道院下面就是那个最著名的海湾，呈深蓝色的圆形，海滩上有一家小旅馆。而我俯瞰的这片海湾更大，形状不那么规则，色彩也更美丽。海湾内有一个小岬角将其分隔开来，海水的颜色从靠近外海处的深蓝色，逐渐变幻为各种深浅不同的海蓝色，在悬崖之下是纯净的翠绿色海水，当有小船投下阴影时，便会出现一块块醒目的翠绿色斑块。海湾的深度和沙底的自然特性以一种完美的比例结合，形成海水的清澈透明、波光粼粼和灵动起伏，我从未见过它没有波光闪耀的时刻，而地中海和爱琴海的一些海湾虽然可爱，却可能太安静，太光滑。仅仅是注视着这片海湾，就仿佛在啜饮香槟一般（如果我喜欢香槟的话），而在这里游泳，更是与我所知道的在其他任何水域游泳的感觉都不相同。我坐在那里，回头眺望海湾对面的大陆。阶地下方是一片狭长的海滩，它沿着那片平坦且连接着陆地的地峡边缘延伸。那里有一家小小的、简陋得像棚屋的小酒馆，几条小帆船和划艇停泊在那里。一两个渔民，不是老人就是年轻男孩，正慢慢地走来走去，有时还互相招呼。在那之外是悬崖（其中一个悬崖底下，一股小小的淡水泉从离大海几英寸的地方汩汩涌出，这里据说是娜乌西卡发现奥德修斯的几个地方之一，尽管没什么空间种植灌木或芦苇为他遮蔽裸体）；悬崖上方是陡峭的山坡，上面覆盖着大片橄榄树，还不时点缀着丝柏树，山坡向上延伸至一道突兀的悬崖峭壁，那垂直的岩壁在夕阳的映照下变成了杏黄色，其边缘是山峦轮廓那急促而不规则的线条，这线条向右侧延伸、环绕，一直延伸到海湾另一侧与大海相接。

这一切都沐浴在光明与寂静之中。这里寂静无声，尽管偶尔有渔民的交谈声，或是卡车、出租车开过地面的摩擦声，它们在海湾岸边缓慢地行驶，开往酒店或修道院；这里寂静无声，尽管偶尔会听到一头驴在阶地低处呼唤着远山之上的另一头驴。驴子的嘶叫——那种充满痛苦、喘息，仿佛狮子般的声音——也可能是岩石发出的声音，如同蝉鸣也可能是太阳发出的声音一样。我曾经独自一人在阶地上待了四个小时，手里拿着本书却一句话也没读，拿着一个笔记本却一个字也没写，眼前的景象令我沉醉其中，只顾着仔细观看，全然忘了时间的流逝，直到太阳落山。

这种乐趣只有独自一人徒步时才能享受。土、石、水、树，都必须自己触摸和嗅闻，才能全然领会它们的秘密。我曾经坐在汽车、公交车、火车和轮船上见过更壮丽的景色，并沉浸其中，但现在我能记住的，成为我记忆一部分的，是那些曾让我双腿肌肉酸疼、脚踝擦破、额头滴汗的路途风景。我无法想象自己为什么还会认为那些勤勉的徒步者有点荒谬。毫无疑问,他们获得了比其他旅客更强烈、更持久的体验。

一辆又小又慢的摩托车会是徒步的绝佳代替品。我曾经从帕莱奥卡斯特里萨穿过科孚岛去科孚城,坐在这样的小摩托车后座上行驶了二十多英里,而我原以为熟悉的一条道路上,此刻展现出了上千种细微的差别,尤其是它的各种气味。在地中海气候的夜晚,当被炙烤过的药草和香叶再度"呼吸起来"时,它们释放出的气味几乎像斑斓的云团一般浓郁鲜活,但坐在车里时只能捕捉到一缕若有若无的气息。我就坐在帕莱奥卡斯特里萨酒店那位不苟言笑的经理身后,他喜欢以每小时十五英里左右的速度骑行,在这种环境下,这个速度简直堪称完美。与我同行的朋友坐在一个侍者骑的更适合比赛的摩托车后座上,要不是我和经理先出发,而侍者觉得超过雇主是大不敬,他一定会像闪电一样飞驰过小岛。于是,我们在金色的夜晚前行,每当经过驮着灌木的驴子或一小群瘦羊时,我们就穿梭到坑坑洼洼的地面,伴随着"哔哔""嘟嘟"的喇叭声交谈。我想,这就是周游希腊最理想的方式了吧。

风驰电掣的时刻出现在凌晨一点,我们从应邀参加的晚宴乘出租车返回之时。在英国，不管是在车里还是餐厅，只要里面开着收音机就会让我不舒服。要是有人告诉我，一辆出租车里不仅有收音机，还有留声机，我一定会大吃一惊。一个人怎么可以接受在那样一个月圆之夜，放着摇滚乐甚至希腊布祖基琴曲，驱车穿越那从不曾被时间触碰过的田园风光呢？但在科孚岛，当你在夜晚与肥皂制造商和市政电工一起喝了希腊松香酒后，那些如狂风般的音乐声却非常令人兴奋。出租车上下颠簸，月亮似乎在旋转，带着香气的微风卷起了我们的头发，两个激情的男中音一边歌唱一边拥抱我们。尽管激烈的、如雄猫呼号般的希腊音乐更动听，但就连专门为我们播放的猫王唱片也给人一种悸动和摇摆的感觉，与这夜晚的氛围相得益彰。只有在科孚岛，我才见过这种出租车的装备，在仪表盘下的平衡环上有个狭窄的、带有缓冲软垫的插槽，司机可以从他放在旁边座位上的唱片集中抽出一张小唱片，往那插槽里一塞一拔，播放就自动开始，即便最猛烈的颠簸也干扰不了。音响必须开得非常大声，响亮而刺耳，敞着车篷，道路变化多端，常有急转弯，还时不时出现未铺路面的石子路段。在这种时候，音乐不再是干扰，而是一种庆祝，人们聆听着它，仿佛痴迷者，粗俗不再，那些陈词滥调就像真理般触动着人们的神经。

尽管这样的夜晚结束时通常令人筋疲力尽，还会伴随着如何将一段不成熟、不真实、暴雨般的激情表白逐渐转变成愉快的熟人关系的焦虑，但我绝不会错过科孚岛那狂野的音乐出租车。这样的夜晚，这样荒谬好笑又不体面，甚至有时有点吓人的夜晚，与我在阶地度过的几天时光形成鲜明对比：这就是我旅行的目的所在。我当然会去看其他地方看不到的艺术品和纪念碑；也会邂逅那些突然建立又能长久维系的友谊，这种友谊有时会在陌生感融化了内心的拘谨、焕发出新的活力时开出花朵，这确实非常重要；但那些静谧的日子和那些喜剧性的夜晚，才是我带回家最珍贵的财富。

人们经常认为盎格鲁-撒克逊和斯堪的纳维亚的女性会去南方找男人，她们确实也常这么做。这是因为在北方社会，男人们觉得身边的女人太多，由此产生了一些心理问题；而在南方社会，男人们又觉得身边的女人太少，同样也有一些心理问题，这两种情况巧妙地对应了起来。在南方社会，当一个英国女人在街上、火车上或餐馆里时,她的女性身份会被公然识别出来,不管她的反应是感到不适还是欣然接受,她都不可能意识不到;而在英国家乡,几个月来,最引人注目的目光也不过是偶尔遇到的,那迅速而斜斜的一瞥,而且目光一旦被发现,就会立刻消失在帽檐之下。无论天气如何,我一回到伦敦,总觉得心里冷冷的。

但是,如果一个社会认识到性荷尔蒙的力量,因此去保护他们可敬的女性(从而又增加了性荷尔蒙的力量,这是一种螺旋的关系),那么这个社会就会被另一种具有相反倾向的社会赋予浪漫色彩。趾高气昂的南方人和充满憧憬的北方人大肆宣扬,说欧洲温暖地区不存在清教主义和拘谨氛围。花大力气去论证、去强调男性风度、记录艳遇数量——也许,在意大利和希腊这样的国家,人们所遇到的确实不是被压抑的性欲,而是有时会令人起疑的、想象出来的性吸引。尽管也一定存在着千千万万真实而温暖的关系,但不可否认,胖子雅尼·哈吉卡基斯这个极端的例子,对我来说似乎有他的意义。

他身材魁梧,脖颈短粗,爱发脾气。他吹嘘说,在服兵役期间,他是希腊军队里最出色的中士,一旦发起飙来,连上校都能吓得跳起来。在平常的谈话中,他会尽量压低声音,但通常只能维持几句话的时间。有一次,他和我的一个朋友一起游泳,当时他正漫不经心地向我这位朋友献殷勤,隔着五十码宽的水面和沙滩,从小旅馆(就坐落在沙滩边)的阳台上都能听到他的争辩声:"但你不可能喜欢和你丈夫做爱,否则你会把他带来的。"在军队里,他很受欢迎,因为他从不给自己的士兵关禁闭,而是把犯事的人带到外面揍他们的脑袋,他告诉我们,这让他深受爱戴。我们遇见雅尼时,他正在科孚岛度假。此时他是塞萨洛尼基[1]一个生意兴隆的店主,非常富有,对自己的命运很满意,只除了一个方面,那就是他的母亲去世了,他的父亲也死了,"父亲的死我并不痛苦,但妈妈……哦,妈妈!我说,不,上帝,别是我妈妈,不要是我妈妈!但上帝没听见……一个没有母亲的男人算什么?在男人的生命里,她是天使,是他唯一纯洁的爱情。我和许多女人做爱,你看,我是个强壮的男人,我总是在做爱,但这些妓女对我有什么意义?我只爱我妈妈,她也

---

[1] 希腊北部最大港市及第二大城市。

只爱我,她愿意为我而死,但现在她已经死了。"

我每次见到雅尼,他总会说起他妈妈的离世,每一次,他那轮廓分明的大眼睛里都会涌出泪水,他低下头,把拳头砸在桌子上,酒杯都随之跳荡。虽然眼前这个人是个身材高大、声音洪亮、积极进取的男人,但我的脑海里却闪现出千万个胖乎乎、软乎乎、苍白的小男孩形象,他们是典型的被宠溺、被纵容的希腊中上层阶级小男孩,成长在一个激发了西欧人怀旧思绪的社会里,因为这个社会的价值观比我们的更简单、更古老,因为这个社会的成员相信,孩子一定会爱母亲,兄弟一定会保护姐妹,受到侮辱就应该去复仇,而自从他们不能再向敌人开枪(否则会惹上麻烦),有些东西就已经失去了。毫无疑问,在这样的社会里,也有一群那样的希腊小男孩,他们虽然作为儿童和男性,但也并不意味着,即便他们没有要求,甜品也会送到嘴边,或因为他们又哭又踢,就能被允许在早过了睡觉时间的情况下还熬夜不睡,但这类男孩到底是少数。大多数情况下,婴儿,尤其是男孩,就是上帝,而这种特权地位是否能塑造出最优秀的男人,这显然很值得怀疑。

"既然你这么孤独,"我对雅尼说,"为什么不结婚呢?"

"结婚?我是永远不会结婚的!就现在,怎么可能找到一个我愿意娶的女孩?"

于是我问他需要什么品质的女孩,他列举如下:因为他很有钱,所以她不必有钱,而且他的观点非常现代,因此不会坚持聘礼这种传统惯例;她不需要漂亮,不过要是漂亮显然也不错;她必须出身于一个体面家庭;不能超过十七岁,这样他才能确定她是处女(他说,据他所知,在英国,为了满足这个条件,年龄标准必须低于十五岁);但最重要的是,她必须"像我母亲,对我来说她必须是母亲"。想到这个三十来岁、前程似锦的男人,尽管嘴上抗议,却几乎肯定会很快结婚;想到必然有些十来岁的姑娘,真的愿意全力以赴地做他的妈妈,因为他从骨子里就认为,只有妈妈才是唯一优秀的女性类别,这真让人心里不是滋味。我们通常觉得英国男人针对女人的看法很分裂,他们仅仅根据她们是否喜欢男人,而把她们分成"好的"和"坏的",但就算如此,也没有一个英国男人比可怜的胖子雅尼更分裂,他瘫坐在咖啡馆的桌边,嘶吼着失去的母亲,就像一头失落的小牛犊。

一些西欧人去希腊，比如我，不仅是为了那里令人难以忘怀的美景，也是为了体验一种比我们自己的生活更直接的、由更简单的规则来规范的生活方式。在着迷于这种生活之后，回头审视自己的价值观，我们会觉得过于复杂、粗糙和荒谬。我曾经发现自己很羡慕希腊或南斯拉夫的女性，因为她们能够毫不质疑地接受自己的社会地位，尽管男性在她们社会中的主宰地位比在我们社会中要高。但我在和雅尼说话时并不羡慕她们，在其他一些时刻也不羡慕。比如某个夜晚，我曾在一个地方小镇冒险进入一家希腊餐馆，这家餐馆是男人们的专属领地，由男人经营并仅供男性光顾，因为他们认为，把自己的母亲、女儿和姐妹放在无形的栅栏后才是正确的做法。如果餐厅里有一个女艺人，在台上唱着布祖基琴曲，你就会看到那些转向她的饥渴面孔，听到那些迎着她那娴静慵懒的舞姿所发出的低叹……那种压抑下的张力一触即发。那些天真地相信自己只是抵挡不住毫无拘束的异教徒诱惑的女游客，其实更可能是一块被扔向一个饥饿男人的面包皮——一个故意让自己挨饿的男人，只想捡个面包皮而已，因为面包皮一文不值。如果她只是想要摆脱自己的拘谨一两天，那固然很好，但我怀疑，给予她这种自由的人、往往内心的禁锢并不比她少。

囊中羞涩曾经是旅行的一个魅力，我很遗憾如今自己不怎么再有机会享受到了。我当然远没有富裕到能住进真正的好酒店，除了便宜的夜间航班之外，我也坐不起飞机，但我的旅行标准正在逐渐提升：尽管便宜，但毕竟还是航班，而不是三等座的火车。人们确实可以更节俭地去旅行，但尽管我满怀眷恋地记得那些不那么舒适的旅行经历，却还是觉得自己映照出了有钱人的缩影，金钱不可抗拒地迫使他们采取某种特定的生活方式。如果我负担得起，却刻意不要带淋浴的房间，似乎就很矫情，尽管经验告诉我，太小而不能淋浴的酒店或许更有人情味。我也知道尽管炎热颠簸，有乘客呕吐，但乘坐当地公交车观光还是会比坐出租车观光更有意思，更有乐趣，但我钱包里的钱罪恶地扭曲着我，在我心里强调着公共汽车的缺点，突出着出租车的奢华，因此，我有悖自己意愿地上了出租车，并由此遇到了更多同类，而不是那些友好、好奇的陌生人。在赤裸的自我和我要参观的地方之间，存在着一个绝缘层，它让我失去了一些东西。我只能庆幸这个绝缘层从来没有怎么变厚吧。

每次旅行回家时我都更加快乐，而且我从旅行中所获得的东西并没有随着时间流逝而消失。这不仅是因为我看到了能丰富我想象力的美丽事物，学到了有趣的知识，遇到了有趣的人，开怀大笑了很多次。最重要的是，这一切引导着另一些事情的发生：我原以为自己已经死去的神经，一根接一根地复活了。

16

一九五八年，我四十一岁，开始觉得中年是一段平静而非令人沮丧的时光，只要我不往前看太远就行。刻意的"近视"能营造出一种印象，仿佛我正行走在一片平坦的平原，而不是下坡路上。我已经很长时间没有恋爱了，也很长时间没有每时每刻脑海里都充满对男人或某个特定男人的思绪了。有时，我上床睡觉时，会试图重拾那些多年来曾经占据过大量时间的回忆、希望、思索和梦想，但还没等真正回想起来，我就睡着了。我工作，而且喜欢这份工作；我去旅行，而且喜欢旅行；我和朋友们见面，对他们的烦恼了如指掌，仿佛那些烦恼就是我自己的一样。而且，因为我认识的几乎每个人生活中都充满了烦恼，所以我的平静虽然消极，却似乎开始成为一种好运。外婆去世了，不久后，父亲也去世了，他几年前就退休了，后来和母亲住在他们战争期间在贝克顿附近买的一所房子里，因为那时农场需要给一个管家提供住处。这些亲人的离世，还有其他亲戚们的逐渐衰老——身体微微萎缩、关节也变得僵硬，尽管他们勇敢地面对生活，努力让日子过得充实，但从他们勇气的缝隙中，还是透露出孤独和对孤独的恐惧——这些都使我对贝克顿有了一种新的认识，或者不如说，是我第一次敏锐地注意到这种新认识。这里不再是我可以回去寻求安慰的地方，而变成了一个我应该带去安慰的地方，但我在这方面的贡献非常微薄，使我意识到自己已经与家庭疏远到了何种程度。我和母亲一起度周末时，只能谈论有关她的事，或关于自己最肤浅的事，因为在许多深层次触动我的话题上，我们的观点和情感都太不相同，非常难以沟通。

至少我是这么认为的,我对她那一代人以及与她有相似背景的人一直持有这样的看法。现在,我真的期望自己年轻时少爱家人一些。如果我没有这么爱他们,可能就会有反抗的勇气,而不是悄悄潜入地下。如果我二十多岁时对自己已经开始练习的性自由更开放一点,对政治话题的讨论更主动一点,而不是回避它们、陷入沉默,如果我能公开谈论自己的不可知论,而不仅仅是逃避去教堂,或许就不会产生虽在我意料之中却仍然相当令我害怕的辜负之感,或者就算产生了,也不会是永久性的。分歧只要公开承认,也许在那些明确不同的观点之外,人们也还是能彼此接近。但与此相反,我发现自己在这种关系中明显地、永久地受到了抑制,甚至对发生在自己身上最重要的事,也几乎保持了彻底的沉默。

一九五八年一月的一个早晨,我正牵着狗穿过摄政公园的外环线散步,这时一辆路过的汽车减速,又加速,又再次减速,然后停了下来。我觉得司机大概是想要问路,于是转向了他。那个男人回头看了我一眼,看起来很面熟,"啊,是马塞尔。"我心里想。马塞尔是我曾经非常熟悉的一个来自约翰内斯堡的钻石抛光工,于是我面带微笑,匆匆向他走去,但当我走近,却发现那并不是马塞尔。"我叫穆斯塔法·阿里,来自伊斯坦布尔,"这个陌生人说,"我不知道你是否愿意和我一起喝杯咖啡。"

我解释说我认错人了,告诉他我很忙,然后笑着过了马路。"这也太乐观了点吧,"我想,"才早上九点!真奇怪啊,一个长得像马塞尔的人居然会做出马塞尔式的事。"我回忆起马塞尔,那天剩下的时间里,我异常振奋和开心,晚上一回家,我就开始写关于马塞尔的故事。

开头几页写得非常顺利,那个小个子男人仿佛就在我眼前,我就这么写了下来,但第二天,我重读所写的东西,很明显,我还无法使这些东西完整成形。要写马塞尔,肯定要写与钻石有关的故事,但我对钻石这个行当完全不了解。"嗯,想起他还挺有趣的。"我想,然后就将这个故事放在了一边,但那种能量,那种内心涌动的感觉,仍然存在。我继续想着他,直到又联想起另一个我之前短暂结交过的人,就在这时,事情发生了。"天哪!"我兴高采烈地想,"我知道该怎么办了,我要写写他的故事,就照本来的样子去写。"这个故事正如我期待的那样，喷涌而出，毫无阻滞，写作的整个过程中，我都非常高兴。

在中学毕业之前，我曾经相当有规律地写过一段时间的诗歌。在牛津时又写过五六首，二十多岁时又断断续续写了三四首。这些诗并不怎么样，我本来也没觉得自己能写好，但都是发自内心真情实感的自然流露，而不是被我的意志力强拉出来的。它们代表着我人生经验中的强烈情感，是我"真实"生活的凝练，是非常隐秘的东西，我也不觉得自己的此类经验值得交流，所以当诗歌的灵感不再来拜访时，尽管遗憾，但我并不痛苦。

至于写散文，我很少想到，只觉得这是别人拥有的一种令人羡慕的天赋。大概有两三次，我手头特别缺钱的时候，我会选取某个事件，试着把它改写成一篇供《新政治家》杂志用的"游记"，或为《笨拙》杂志写过一篇"幽默文章"，但都没有成功。当我试图表现得有趣时，会显得滑稽；而当我想要描述时，又显得有点浮夸。我可以很清楚地看到，如果这些文章是别人写出来的，我肯定不会喜欢。我成年后，曾有三次没有特别目的地写下过几页自己的感受,一次是关于克里韦利[1]的画作《天使报喜》,一次是关于福斯特[2]的《印度之旅》,还有一次是关于我的第一次佛罗伦萨之旅。这些文章我都还留着,只是给自己的纪念。但穆斯塔法·阿里先生引发的故事"感觉"完全不同。我没有费心去设想它的市场,但从一开始,我就想让人们去读这个故事。

那个故事一写完,另一个就开始了,到了年底,我已经写了九个故事。我事先并没有构想,感觉就像是自动酝酿出来的,我的脑海里会出现第一句话,然后整个故事就跟着出现,仿佛它一直就在那里。有时候,故事写到一半就没什么可写了,我不得不绞尽脑汁地想该怎么收尾,但更多时候,故事会自己结束。其中一些故事与我自身的经历密切相关,令我吃惊的是,也有一些与我的经历无关,几乎是"虚构出来的"(那些"虚构的"故事是我最引以为傲的,不过,除了一篇例外,其他与自身经历相关的故事我反而写得更好)。

---

[1] 卡洛·克里韦利(Carlo Crivelli),文艺复兴时代的意大利画家。
[2] E.M.福斯特(E.M.Forster),20世纪英国作家。代表作《看得见风景的房间》《印度之旅》等。

三月份,我正写到第三个故事的一半时,看到《观察家报》公布了当年的短篇小说大赛通知,主题是"回归",字数限制为三千字。我之前完成的两个故事里没有叫这个标题的,但内容全部适用。其中一篇太长,而另一篇只需删减一百字即可。在朋友们的鼓励下,我将其中较短的那篇放进了信封,用那匹刚刚赢得全国赛马大赛的马的名字为自己取了个必要的笔名(那个"什么先生",愿上帝保佑他),寄出后就忘了这件事。或更确切地说,从那时起到十二月结果公布的这段时间里,我只有两次想起了这件事,当时我又向其他杂志卖了另外两个故事。"说不定,"我想,"如果事实证明这些故事足够好,可以卖出去……"但这两次我都很快打消了这个念头,以至于十二月二十一日我生日那天,《观察家报》的文学编辑打电话到我办公室时,我根本没想起这次大赛。

我早些时候曾给他写过信,询问他所在的报纸为什么没有评论我们的某一本书,是因为不喜欢,还是因为漏掉了,就是那种出版人对自己所关心的书的唠叨。因此,听到他打来电话,我非常高兴,当他说有好消息时,我就更高兴了,"万岁,"我想,

"他终究还是要评论的。"

"至少,我觉得我还是有好消息的,"他接着说,"是给你的……你给我们的大赛送了一篇故事对吗?"

安慰奖吧,我一瞬间这么想,安慰奖有好几个呢,每个奖金是二十五英镑,"是的。"我回答。

"你得了头等奖,"他说,"奖金是五百英镑。"

你不向上看,是因为知道自己爬不到树上去。所以你早就忘记了,树叶间隐藏着果实。然后,突然间,一丝风都没有,一个大大的、软软的桃子重重地落到了你的手心。也许别人身上也发生过类似事情吧,但这之前我从来没有……我现在还舔着手指上的桃汁呢。

虽然,如果比喻准确,桃子并没有落入我的手中,而是砸到了我的头上。我一下就被打晕了。想象着这样的事情发生时,我原本以为自己会先是茫然的怀疑,接着会爆发出纯粹的狂喜,但事实是,这两种情绪模糊地混合在了一起,并没有出现那种完美的时刻。当我回过神来想要好好感受这一刻时,却发现它已经成为过去,我已经经历过了。在美妙的惊喜发生之时,通常还应该发生点什么吧,比如人应该飞向天际,变成音乐或光线什么的。但我继续坐在办公桌前,看着寒冷的鸽子挤在窗外一小片屋顶上,这实在太不尽人意了。即使在当天的午餐时间,我在邦德街匆忙购买比计划中更漂亮的圣诞礼物时,也发现沮丧与喜悦交织在一起,因为街上没有一个人看起来像是世界发生了改变的样子。在那么美好的一天里,有那么几个时刻,我觉得自己最好停止摸索,否则我很可能会在这转瞬即逝的时刻中触摸到一根真正痛苦的丝线。这么多年来,我第一次想起了《玫瑰与指环》[1]里小露珊尔白唱的那首歌,于是我整天哼唱着:

喜欢,喜欢
我有面包圆圆!
我愿,我愿
一年四季吃不完!

尽管一开始似乎什么都没有改变,或者说变化不够大,但这件事确实产生了两个后果,其中一个

---

[1] 威廉·萨克雷(William Thackeray)创作的童话故事,萨克雷是英国现实主义作家,代表作《名利场》被认为是英国文学的一个里程碑。

只不过是个有趣的认知,另一个却有着难以估量的价值。

"贫穷"这个词不该适用于任何和我一样生活舒适的人,我背后有一个家庭,无论他们多么力不从心,在紧急情况下总能指望他们来救助我。我在工资之外从来没有别的收入,钱也总是很少(小型独立出版商要是不将大部分利润再投入,要么很快就破产,要么很快将不再独立)。我挣的每一分钱几乎马上就被我花掉,但还是有很多想要的东西无法拥有。因此,对我来说,免税的五百英镑几乎就是一笔巨款。我可以在即将到来的春天无忧无虑地去希腊了,我甚至可以坐头等舱!我可以买一块合适的地毯,还有我非常喜欢的新窗帘,买完了还能有余钱。那个冬天,我觉得自己很富有,因为这种感觉,所以也给人以富有的印象。就在不久前,我曾在一家时髦的大商店里看连衣裙,当我指着一条漂亮裙子说"我想试试这条"时,接待我的女孩用疲惫的声音回答我:"这条很贵,为什么要试买不起的东西呢?"但当我把那五百英镑存入银行后不久,我穿着同样的衣服,在同样的商铺,却得到了殷勤周到的服务,我觉得我甚至可以订购两架大钢琴,让他们送到我家试用，他们说不定还愿意为我提供第三架呢。礼貌的服务员花了几个小时为我展开各种布料，敦促我再考虑这一种，或者那一种。想要相配的图案？哦，当然有！拿来的不是我以为的两英寸宽的长条布，而是长度足以做床单的布料，统统供我选择。在大约一个月的时间里，我相信我可以赊账为整栋房子添置家具，并不是因为我看上去与众不同，也不是因为我真的买得起，仅仅因为这是我人生中第一次对金钱感到无忧无虑，尽管理由也并不很充分。在那一个月里，关于情绪的力量，我有了很多深刻的认识。

第二件事更为重要，那就是我能有这笔收入，是因为那些有能力的评委们在几千人的作品里选中了我的故事，而这个故事是我纯粹为了乐趣而自发创作的，就像我眼睛的颜色是我身体的一部分一样。写出一个别人眼里的好故事并不算多了不起，但它确实意味着什么，至少说明它并没有失败。荒谬夸张点说，二十年来我一直不怎么快乐，我确实享受过很多东西，而且最近几年来，大部分时间里我也已经足够满足，但要说确切的事实，如果在那些年的任何时刻，有人要求我回想，要求我停下分散我注意力的事，对自己的生活进行一个判断，那么我会毫不犹豫地说，失败是我生活的内核。我真正想要的，不过是女人生活中最平常的满足，而那些我满怀激情想要的东西，我全都没能实现。所以我会这样回答，这并不是推测。对自己，我确实是这么回答的，一遍又一遍，在入睡前的片刻，在醒来后最难熬的时刻，当我走在街上，当我从书本中抬起头，当我在平底锅里炒鸡蛋的时候——这种感觉是我熟悉的伙伴。起初，它是痛苦和悲伤的炭火，后来渐渐冷却；但尽管已经变冷，它那沉甸甸的存在感仍然还在。我唯一引以为傲的是，由于天性随和，又从快乐的童年和青年时代积累了大量对生活的热爱，我很善于与失败感共存。我不认为失败感让我变得更讨厌或更疯狂，我将这种能力视为一种成就。

现在，有一种不违背我本性的东西，一种对我来说像爱一样自然的东西起了作用。我相信，即使我将来再也不写什么，单凭这个故事的成功，就已经足以开始消除我内心的块垒。亲爱的朋友们，埋葬我的时候，请把一份《观察家报》放在我头下吧，因为正是这份《观察家报》的奖励，使我清醒地意识到，我已经变得幸福了。

既然我已经生活在幸福这种难得的状态里，对它做点笔记肯定也很重要。它开始于我写作之时，在我赢得大奖时变得光彩夺目，后来我又开始恋爱，这种幸福得到了确认，而且迄今尚未露出改变的迹象。

生命力的一个表征是：早晨睁开眼睛，立刻全然清醒。我曾经珍惜的长时间的无意识状态，现在已经毫无意义。即便在星期天，我也只睡八个小时，除了极少数我真的疲累的日子。

生命力的另一个表征是：不太在乎自己住在哪里。有的单身女人可以在自己的房间、家具和装饰品里扎根，因此，要是周围的东西不能按照正确的秩序摆放，她们就无法忍受。我也喜欢房间、物品和布料，我喜欢挑选并整理它们，当我做得不错时（并不常见），我会觉得舒适和满足。但现在的我不像以前那么重视这些事了。最近，在换房子期间，我和朋友们到处露营，有一次还去了一个我完全不喜欢的地方。我原以为自己会感到不安和不满，但我发现，只要有一张桌子可以写字，一个炉子可以做饭，再加上一张床，我就能感到自在。

生命力的又一个表征是：人们会说"她发生了

什么事儿？看起来状态这么好"或者"她看上去很年轻"，我自身在身体上的良好状态别人是看得出来的。"她可能有二十五岁吧"，一位七十多岁的女人这么说，考虑到那个年龄的人观察一切时的岁月压缩效应，三十五岁应该比二十五岁更能准确地描述我的状态，不过，这个评论还是在某种程度上说明了，我的身体在回春。如果确实如此，那它对应的应该是这些年来一些指向内在的变化。我在二十三岁时就开始意识到，衰老是一件悲哀的事。我和保罗在一起的每一年，都被带向一个比我以前所知更好的地方，各种可能性不断涌现，仿佛什么事情都可能会发生。而当我接受了他的消失之后，日子就慢慢走下坡路了。常识禁止我在二十多岁时就认为自己老了，但我真的觉得自己老了，而且一旦过了三十岁生日，我就开始把这种感觉视为合理的。我三十多岁时，大部分时光都被笼罩着一层阴影，正是因为我注意到这一点，那种感觉不仅来自即将到来的四十多岁，还来自对老年的恐惧；我觉得前路除了老去什么也没有，我意识到老去的无能无力。当我看到一个老人小心翼翼、痛苦地走在人行道上，或注意到领养老金的人们坐在阳光下的长椅上，眼神迷茫，似乎对自己身上发生的事情不知所措时，我就感到一阵畏缩。而现在，我已经越来越靠近他们，长出了第一缕白发，脖子逐渐不再光滑，腰身也没那么苗条了，这些都是我可以从自己的身体上观察到的，是时光流逝的明显指针。而且我知道，这些将永远存在，不是什么能被治愈的身体症状。但奇怪的是，此刻，我不再感觉自己老了，衰老的过程不可否认，但不再碰触我裸露的神经。因为幸福，这件事变得不再重要。

这是因为当下已经成为现实。没有人可以脱离自己的过去，但任何人都可以将过去看作过去，只要这么做，你就能部分地从它的后果中解放出来。我不仅能将我的过去看作过去，还可以做到对它们不再挂心。过去并没有当下真实，而当下可以足够强大，强大到去塑造谁知道会怎样的未来，也因此，未来不再是一个不可改变的威胁。没有什么是永恒不变的，就是这样。我的状态已经改变了——甚至在一定程度上，我的本性也改变了——所以，可能性再次出现了。

对幸福的感觉，我只能用一些和身体相关的词汇来形容：温暖、膨胀、漂浮、开放、放松。从最开始，我的感觉就是这样，被爱情证实之后，这种感觉更加强烈。像我这样智力不够，也没有什么灵性的人，感知总是与身体紧密相连，因为在大多数时间里，我就是它，它就是我。因此，身体状况对我的整体状态来说非常重要，这种倾向在我生病或衰老时可能会引发颇具威胁性的严重问题，但在爱情中却有助于获得一种别样的幸福。我无法将爱情区分为"肉体的"或"精神的"，做爱也不是一件仅存在于做爱那段时间的、转瞬即逝的好事，而是每做一次就增加一点的，对整个幸福感的扩展。过去我就认为，这种快乐不会被后来发生的事情完全湮灭，现在，我确信它不会被湮灭。这种终极的交流方式，就类似我对贝克顿和牛津的感觉，我知道它们就存储在我身体的某处。这是我经历过的好事，能进入我的体内，并被我看到、听到、感觉到、闻到，除非我的意识走向腐朽，否则无法被剥夺。在大多数情况下，两个人一起生活了多年之后，做爱会失去其价值，这是显而易见的，在我身上应该也不会例外。我能想象，只有当我同一起生活的男人真的像我们最初以为的那样合得来时，友谊和相互依赖的习惯才会成功地取代身体的快乐，但这也不会抵消身体的快乐——一旦它存在过,就会一直存在。现在,它又为我而存在了,因此,到生命尽头的时候,我会更加富有。

所以,幸福随爱而来,由爱增加,对我来说,它还赋予了肉体欢愉以色彩,当然也包含了许多其他东西,包含了比我个体的情感和感觉更广阔的东西。在这个时代,许多人都在关注交流的困难问题。无论是诗歌、小说、戏剧还是绘画,都不断在强调这一主题,以至于如果一个人相信人类之间可以相互交流,那他会显得幼稚天真。可是,当你遇到一个来自不同国家、不同传统、不同社会,不同经济背景的人,却发现你和他可以完全凭感觉来谈论任何事,即使彼此意见不一致,也有十足把握能互相理解,如果这不是交流,那又算什么呢?在这样的相遇中所发生的信任感和轻松氛围,真是另一种更广阔、更持久的美好。

从表面上看,这种爱与我以往经历过的并无不同,不太可能走向永久的陪伴。但我必须相信自己的直觉,这是不一样的。因为感觉不一样。过去,我常常带着绝望的喜悦跳下悬崖,陷入预期之中的灾难;但现在,在几乎不知道发生了什么的情况下,我从光滑的岩石滑入了清澈、温暖的水中。

我对人类称之为"爱情"的很多状态都怀有一种恐惧，一看到它，一想到自己曾置身其中就感到恐惧。我觉得自己就像安德烈·纪德在《就这样吧》[1]中写到的："有许多痛苦，我认为都不过是想象出来的……没什么比所谓的心碎和风流韵事更令我不感兴趣的了。"可怜的纪德，还没有充分准备好来谈论爱情，因为他知道自己的身体和精神分裂到了如此程度，以至于二者皆受到了损害（谈到风格取决于诚实，我所知道的最显著例子，莫过于他对男孩子之间关系的描述。他试图以最诚实的方式写作，但文字中突然出现的微小声音出卖了他——他其实没有诚实地写作。他试图说服自己，病态的贪婪中也有美。如果不是因为这些句子的语调问题，我本来真的相信它确实很美）。但这位老人对悲伤爱情故事的不耐烦态度也蕴含了很多真理。饥渴、占有欲和自怜自艾，固执地将自己虚构的形象强加给另一个人：天哪，看看人类强加于自己和彼此的这些折磨吧！

---

[1] 原书名为 *So Be It, Or The Chips Are Down*，法国作家安德烈·纪德（André Gide）的回忆录。

因为上述这些话，我被自己的傲慢吓坏了，因为我已经不再期待爱，也几乎不再想去爱了，但如今，我却又陷入了爱河。感觉就是如此。我不再在我所爱的人身上寻找其他人，我希望他尽可能给我更多的时间和陪伴，但也仅止于此。我希望他作为自己活着，没有不幸或不快乐。也许这是因为我年纪大了，习惯已经固定，不再想要更多东西，也许我是在欺骗自己。如果我说的是实话——我十年后必须重读一下这段文字！——那我宣称现在自己很幸福就是合理的。

　　我并不认为自己因此变得更讨人喜欢了。我和他人的关系发生了改变，除了一人以外，其他人对我来说已经不那么重要了。在悲伤或情绪平淡的状态下，我曾经对朋友们的生活进行过仔细的研究，几乎对他们的情绪完全感同身受，但现在我更加超然，尤其是对他们的不幸遭遇。我有一位女性朋友，由于天性上的某种缺陷，她总是犹豫不决，糊里糊涂，几乎意识不到自己的美貌、智慧和慷慨大方应该为自己赢得什么回报。之前，我一度非常关心她，以至于躺在床上仍在清醒而痛苦地思考着她的问题，但现在，尽管我仍然为这些问题感到难过，却不再因此影响我内心的平静。这种日益增长的自私使我既沮丧又高兴：沮丧是因为我在自己身上如此清楚地看到了同情的局限性，令人不快；高兴则是因为我开始怀疑自己之前那些关心的动机。在《战争与和平》里，有个让我一直感到不安的人物，她叫索尼娅，她谦逊无私，放弃了自己对生活的追求，全身心地融入罗斯托夫家，以至于让他们的生活代替了自己的生活。托尔斯泰仅仅不做评论地把索尼娅呈现出来就已经可以表明，尽管索尼娅拥有种种美德，但在他眼中，她仍是一个不完整的人，一个失败的人。他对她的态度总会令我畏缩，因为这是正确的态度，而且有好几次我自己也几乎处于这样的活该境地。贪婪地不肯放手是可憎的，放弃则是可鄙的。当我自己处于不幸状态时，我倾向于转向被鄙视而不是被憎恨；但当虚荣心作祟，令人必须在这两种邪恶中做选择时，谁不是宁愿被人憎恨，也不愿被人鄙视呢？

在这种情况下，当幸福感仅仅取决于一段关系，那么它当然也会结束。就算不是"当然"，也是"很有可能"。我之所以感到困惑，是因为即使预见到这种可能性，我仍然确信自己并没有像以往恋爱时那样"预料到灾难"。如果我爱的那个男人不再爱我，或要离开，一开始肯定会有一种喜悦消失的感觉，也会难熬一段时间。难道我之所以不再害怕，仅仅是因为我看不出这样的事会很快发生吗？还是因为随着年龄增长，我已经习惯了失去，因此才将这种失去看作我终将失去的所有东西之一？又或者是因为，我碰巧相信这段关系不会有任何神秘之处（保罗消失事件最糟糕的部分就是他的沉默）？毫无疑问，这些因素都导致了我不再"预期灾难"，但其实还有其他原因。在我的写作还很微不足道时，再提写作确实有点令人尴尬，因为这也不过是一种自我满足的手段，但我相信正是写作的冲动促成了我内心的平静。当我问自己："如果灾难又发生了，我会怎么样？"答案是："过一段时间我就会好的。我会继续写作。"正因我能这样说，所以我才能活在当下，并对它所提供的一切充满感激和快乐。

此刻，十二月初的一个午夜。我面前的这张书桌上放着一只白色茶杯、一个满是烟蒂的烟灰缸，还有半杯朗姆酒，我看到自己的故事，尽管它很平凡，其中有很多悲伤，却是个成功的故事。我马上就要四十三岁了，比起还是年轻姑娘时，我此时更快乐，对未来也更满怀兴趣，因为发现自己处于一个成功的故事之中，觉得有点好笑也有点开心，长久以来，我一直自认为是失败故事的主角，如今却发现自己身处一个成功故事之中，哪怕这个成功微不足道，也实在是很奇妙。但当我走到生命尽头时，是否依然觉得这个故事值得经历，它本身就具有价值呢？我外婆问我的问题（我自己是没有孙辈可以询问了），会让我最后的岁月黯然失色吗？

17

有些特质，我自认不具备，随手便能罗列。

我从来都不美。我从小被教导，长相不重要，漂亮的外表甚至是不好的，会引诱出虚荣和愚蠢。但对女人而言，这其实是个谎言。如果我长得漂亮，我未必会更快乐，但一定会变得更重要。也许如果我长得丑，我也会变得更重要，因为笨拙的身体会逼出一种笨拙的个性来保护自己。但是对于我这种人，有人可能会打量一下然后吃惊地说："你穿那种颜色的衣服很好看。"或如果有人爱上了我，会说：

"你的眼睛很可爱。"这种长相和美丽不同,哪怕只是短暂地被当作存在的理由都算不上,但美丽,就可以令人困惑地,甚至有时是致命地,成为存在的理由。

我只有和一些非常愚钝的人相比才显得聪明。在我认为真正有智慧的人身边,我显得很愚蠢,根本不会思考。我甚至不知道人们对大脑做了什么才能启动思考的过程。我自己的脑子里倒是有一扇门,会在风中前后摆动。很多东西被吹进去,其中有些还不错,但没有一样能如我所愿地受我掌控。我有直觉,有同情心,有分寸感,有超脱的能力,但就是没有那种能"咔嗒、咔嗒、咔嗒"构建起思维架构的本事。在工作中,我经常因为缺乏思考能力而自惭形秽。我有时会因为糊里糊涂而干了什么事情,或把什么事情忘在一边,这让我既痛苦又困惑,所以每次发生这种情况时,我就迅速转向一些与组织事件或组织想法无关的事情上。我擅长判断自己喜不喜欢某人的作品,擅长理解别人的意思,或试图表达的意思。如果我在这些事情上做错了,那通常是事出有因,而不是因为我愚蠢。但是,我认为组织和构建的能力是可以习得的,我却没能学会,因此在工作中,我的这种欠缺带给我的压力,远比我已拥有的能力带给我的安慰要多得多。在工作之外,在生活中,我并不介意这样的愚蠢,虽然有时确实不方便,但那是我自己的事,我从情绪波动中也获得了足够的愉悦和乐趣。但显然,我不能以拥有高智商来证明我的生命价值。

我一直都不够善良。我所谓的"善良",部分是基督教教育的遗泽,部分来自经验主义,意味着以无私为中心。我所见过的罪恶和弊病,大部分都来自人对自我价值与他人价值所产生的一些可怕的错误认知。然而人的品质是由其行为而非信仰所决定的,一次又一次,我的行为只不过是一个女人将自己微不足道的舒适和便利,看得比他人的快乐和悲伤更重要罢了。

我既不够勇敢,也不够精力充沛。我认为开拓经验的边界非常重要,但由于懒散和胆怯,使我无法在本来有可能达到的程度上去实践它。我懒于参与政治;对于探险旅行也一直不够进取,只因为担心身无分文在陌生之地不够安全。我内心和嬉皮士意气相投,但当考虑到他们拓展经验的具体技巧时,我就能看到自己和他们之间的区别,我就像一个从孩子们玩的积木里取出的方块一样规矩,对我来说,"过度"带来的不是自由,而是不适和疲劳。

因此,我既不美丽也不聪明,还不够善良,不够勇敢,不够精力充沛,而且多年来一直都不开心,因为这么久以来,我都未能实现自己非常渴望又非常简单的愿望:我没有丈夫,也不大可能有孩子。

所以,诸多证据表明,我的存在没什么价值,如果我像外婆一样,有意识地、缓慢地走向死亡,我势必会问出她问过的那个问题:"我到底是为了什么而活着?"我所能回答的也只是,我写过一点点东西,我爱过。然而,如果我能活到年迈之时,这些东西也会因为太过遥远而谈不上什么价值吧。但我应该记得,这些付出曾经是值得的,不过更有可能的事实是,到那时,一切都将结束,所有的价值也会随之湮灭。这应该是个可怕的想法,不过我倒不觉得害怕。

我为一位朋友写的一出戏剧寻找剧名时,曾经查过一本名言词典,偶然发现了卡莱尔[1]和拉斯金[2]

---

[1] 托马斯·卡莱尔(Thomas Carlyle),苏格兰哲学家、评论家、讽刺作家、历史学家、教师。
[2] 约翰·拉斯金(John Ruskin),英国作家、艺术家、艺术评论家。

说过的话,引起了我的注意。卡莱尔说:"再独具慧眼之人也无法穷尽任何事物的意义。"而拉斯金则说:"在这个世界上,人类灵魂所能做的最伟大的事,就是去观察。"

眼睛是一种精巧却又脆弱的小器官,就那样嵌在眼窝里。我还住在贝克顿时,我们常常会买羊头给狗吃,先煮熟,再把肉扒下来。这是一项可怕的工作,但习惯了以后就会觉得它非常迷人:大脑、舌头、眼睛,都变成了不同质地的肉。看着这些,很难相信这胶状的球体曾经能接收到脉冲,并将其转化为图像;更令人难以置信的是,与此同时,它们甚至能在一只羊的脑袋里填满世界的画面。对我来说,视觉机制是有意识的生命体最大的奇迹,它比其他任何机制都更能将外部世界带入头脑。视觉能带来客观现实,视觉能证明你和我一样真实;证明铅笔、树、鸟、打字机、花、石头也一样真实;证明每个物体都和我一样是自己宇宙的中心;证明每个有意识的人类也和我一样,有着自己的庞大宇宙。

"你不是沙滩上唯一的鹅卵石。"我童年时,经常有人这样对我说,这话里隐喻的力量仍然很强。我所知道的东盖格鲁海滩几乎全都由鹅卵石组成,小时候,我常常花几个小时在那里寻找,收集玛瑙和琥珀,然后将它们放到果酱罐里,再倒些水进去,就会看到它们在里面闪闪发光。我很熟悉鹅卵石,各种浓淡深浅灰色的、近乎白色的、斑驳的、多孔的、表面有颗粒会发出微小闪光的、平的、圆的、土豆形的、完全不透明的、近乎半透明的等等。很明显,它们的数量无限,种类无限,但都同样真实。我拿着它们,更多时候我看着它们。正是通过观察鹅卵石,我开始感受它们的性质,也正是通过观察,我感受到了人的本性。"你在想什么?"我的爱人问我,而我通常并不是在想什么,而是在看什么。眉毛沿着眉弓生长的方式,薄薄的眼皮下轻微运动的眼睛,嘴唇的曲线,耳朵后面皮肤的皱褶:看着这些,我并不确定自己能学到什么,但我能感觉到需要研究的迫切。毫无疑问,即使我是个瞎子,但我只要还有理智,还有双手,我就仍然会去爱,可是,我还能以同样的方式辨认出一个人的独特存在吗?

由穆斯塔法·阿里引发的第一篇故事的主角——钻石抛光师马塞尔,并不觉得客观现实令人安慰。有一次,他从萨弗伊旅馆的窗户里探出身子,俯视着树上的椋鸟一路叽叽喳喳飞向苗圃,看着人行道上匆匆而过的人群,然后砰的一声关上窗户,大声喊道:"我受不了了!"

"你受不了什么?"

"一想到我晚上就可能死去,但第二天早上一切依然继续,那些狗娘养的还在街上跑来跑去,那些傻鸟还叫个不停……太可怕了!有时候,我在家里时会在半夜醒来,一想到这些,就必须给我妹妹打电话。"

"她会怎么做?"

"她会来我这里,给我沏茶,陪我说话。有时我会让她整夜待着。"

他在房间里踱来踱去,激动地把酒杯里的威士忌都溅了出来。他的嘴角抽搐,两眼喷出怒火。这个可怜的小人儿,世界可不会为了他而终结。

另一方面,对我来说,知道一切终将继续就是答案。如果我能神清志明地死去,而不是被药品麻醉或被痛苦折磨得神志不清,我希望我最后的思绪能停留在植物生长、孩子出生、我从来不认识的人们在花园里干活或给朋友们打电话这些事情上。正是在其他事物和其他人的存在之中,我才能感觉到自己生命的脉动:就是这个脉动,在万物中哼唱、悸动,因而也存在于我的体内。

在读阿道司·赫胥黎关于致幻剂的实验报告[1]时，我突然觉得这个极其聪慧的人有点天真。他在裤子的折痕、椅子和花束中发现了令人震颤的生命真理，难道他不知道这些东西中本来就蕴含着生命的真理吗？每个实验对象都包含着这种真理。的确，人们通常不会像他所描述的那样极致地看待它们，但也没必要非以那种方式去看待才能知道它的存在吧。通过化学方式来强化视觉是一种奢侈，而不是必需。我自己（我还没见别人这么说过，但这肯定不是我的独特体验）的类似体验，则来自可能预示月经的腺体变化，所以我几乎每个月都有一两天的视觉高度敏感期，那是一段能看到万物生机勃勃的美妙时期。

这种"存在之事"——这是哪个聪明人想出来的说法——对我来说太明显了，一点也不新奇。但只有天才的潜修者，通过必要的训练，开发一种早已存在的力量，才有可能通过研究佛教而进一步深入其中。事实上，我怀疑不管是东方还是西方，只有罕见的圣人才能超越人类发明的各种仪器设备，

---

[1] 指英国作家阿道司·赫胥黎（Aldous Huxley）的作品《知觉之门》，是赫胥黎亲试迷幻药物，经历神秘体验的真实记录。

而大部分人类，只能尾随在他们的觉醒之后，获取舒适和安慰。这是显而易见的——蕴含在每件事物里的安静悸动的生命是显而易见的——这填补了我由于不信上帝所留下的空白，让我怀疑我是否真的停止了相信。相信什么呢？我想，上帝应该是知道的，如果人类所理解的知识仅仅是生命悸动的一种属性，那为什么还需要相信上帝呢？我的感觉所告诉我的，不是"上帝存在"，而是"事实如此"。

对于那些依靠感官接收信息来保持内心平衡的人来说，当感官开始衰退时，考验就会到来。当我再也无法看见（我外婆在去世前十年就没再见过星星了），再也无法听见（她说先是云雀的叫声消失，然后所有鸟儿的叫声都消失了），当我的身体——不仅给了我所有最可靠、最令人慰藉的快乐，也帮助我走出局限性，去接触其他人和其他事物——变成一个痛苦的负担（想想吧，微不足道的消化不良都会造成什么样的影响！），那个时候又会发生什么？事实可能证明，这种生命的跳动只不过是血液在我耳朵里流动的声音。我所希望的是，即便如此，我也不会害怕，如果不是因为我也像花朵、火柴盒、狗或其他任何人一样，以同样的强度存在着，那为什么就算有这么多我本无须活下去的理由,血液却依然如此稳定地跳动了这么久呢?只因为这一切,都是一个更大世界的组成部分,而这个更大的世界,只能用"我即是我"这几个字来表达,不需要别的证明或理由。

我想要指定某个比我年轻的人来见证我的死亡:看看我在面对死亡时的成功或失败,如果可以,我想亲自记住身上的脉动,以此战胜自我保护的激情,这种激情使死亡看起来是一种暴行(说得容易!当飞机引擎的嗡嗡声变成最后的悲鸣声时,我的身体就会绷紧,胃腹就会抽冷:"还不到时候呢!")。体面且坦然地接受死亡,就是对生命价值的证明,尽管我存在诸多局限和不足,但这就是我曾经、现在,并且预感到未来都会想要去做的事。